ほんのささやかなこと

Small Things Like These

Claire Keegan

クレア・キーガン

鴻巣友季子訳

早川書房

ほんのささやかなこと

SMALL THINGS LIKE THESE
by
Claire Keegan

Translated by
Yukiko Konosu
First published 2024 in Japan by
Hayakawa Publishing, Inc.
This book is published in Japan by
arrangement with
Curtis Brown Group Limited
through The English Agency (Japan) Ltd.
本書は Literature Ireland の助成を受けて刊行されました。

LITERATURE IRELAND
Promoting and Translating Irish Writing

装画　incamerastock / Alamy Stock Photo
装幀　須田杏菜

アイルランドの母子収容施設と
〈マグダレン洗濯所〉で苦難の時を過ごした
女性と子どもたち、
そしてメアリ・マッケイ先生にこの物語を捧げる。

アイルランド共和国はここに、アイルランドの全男性と全女性の忠誠を、権限をもって要求する。共和国は宗教的、市民的自由権、平等権、平等機会をすべての市民に保障し、全国民のだれも取り残すことなく、その幸福と繁栄を追究し、国民の子供らをみな平等に慈しむ決意を宣言する。

「アイルランド共和国宣言」（一九一六年）より抜粋

第一章

十月になると、木々が黄に色づいた。ひと月のち、夏時間の終わりとともに時計は一時間逆もどりし、これから長くつづく十一月の風が吹きこんで、木々を丸裸にした。ウェクスフォード県のニューロスの町では、煙突が煙を吐きだし、それが薄く流れてもわもわと長くたなびき、埠頭のあたりで霧消する時季になると、じきに雨が降り、バロー川はスタウトビールほど黒く濁って水嵩《みずかさ》を増した。

町の人びとの大半はため息をつきながらこの悪天に耐えた。店の主人や商い人はもちろん、郵便局や、失業手当給付の列や、食牛市場や、軽食も出す珈琲ショップや、スーパーや、ビンゴホールや、パブや、チッパー（フィッシュ&チップス専門店）で、男も女もそれぞれの口つきでこの寒さとひどい雨の降りようについてひとくさり意見を述べ、こう言いあった。まったくどうしようもないね──どうしようもあるかい──明日もまた身にしみる寒さがつづくってわかっているのにさ？　子どもたちはしっかりフードを被って敢然と学校に向かい、かたや、母親たちは寒さに首をすくめながら物干し場にダッシュするにせよ、なにも干さずにいるにせよ、もはや慣れっこで、夕方までにシャツ一枚乾かせるとは思っていない。そうしてやがて夜が来て、今夜もびっしりと霜がおり、寒風の刃が家のドアの下から滑りこんできて、まだ跪《ひざまず》いてロザリオの祈りを唱えている者たちの膝に切りつけるのだった。

石炭と木材を商うビル・ファーロングは在庫置き場《ヤード》で両手をこすりあわせながら、こう言っていた。こんな天気がつづくようなら、じきに配達用ローリーのタイヤを交換する羽目になりそうだ。

「一時間ごとに外を走っている状態だからな」と、彼は店の男たちに言った。「うちの在庫が尽きそうだ」

確かにそうだった。客がヤードを立ち去るや、間髪入れずに次の客がやってくるか、電話が鳴る。燃料をなるべく早く配達してくれ、もう来週はもちそうにないんだと、誰もかれもが悲鳴をあげていた。

ファーロングが商っているのは、石炭《コール》、泥炭《ターフ》、無煙炭《アンスラサイト》、粉炭《スラック》、薪《ログ》。注文はハンドレッドウェイト（百十二ポンド、約五十キロ）かその半分、または丸まる一トンか、ローリー一台ぶんという単位で受ける。ほかにも、練炭《ブリケット》、焚きつけ《キンドリング》、ボンベ入りガスを売っていた。手がいちばん汚れるのは石炭で、冬場は月に一度は埠頭から運び入れなくてはならない。これには、店の男たちが丸二日がかりで作業に当たる。石炭を積みこみ、ヤードに運び入れ、選り分け、検量する。その頃、町には、貨物運搬の船頭としてポーランド人とロシア人の新顔が闊歩《かっぽ》するようになっていた。彼らは毛皮のキャップを被ってボタンのたくさんついたロングコートを着こみ、ほぼひと言も英語を話さない。

ファーロングはこういう繁忙期には配達はほとんど自分でこなし、店のもんはヤードに残して、注文の入った燃料を袋詰めしたり、農園から運びこまれた倒木を切ったり割ったりさせていた。午前中はずっと鋸《のこ》やショベルをせっせと使う音が聞こえていたが、正午にアンジェラスの鐘（カトリック教徒が「お告げの祈り」を捧げる時間を知らせる鐘）が鳴ると、男たちは道具を置いて、手の黒い汚れを洗い流し、〈ケホーズ〉に出張っていく。このパブでは、温かいスープつきの食事《ディナー》と、金曜日にはフィッシュ・アンド・チップスが供された。

「空っぽの袋じゃ立たないからね」ケホーのおかみさんは新しいビュッフェカウンターの奥で、肉を薄切りにし、長い金属《かね》のスプーンで野菜やマッシュポテトを盛り分けながらよくそう言ったものだ。

男たちは凍えた体をありがたくほぐし、存分に食べると、煙草を一服してから、また寒風のなかへ決然と出ていくのだった。

第二章

ファーロングは出自のわからない男だった。わからないどころじゃないと言う者もいた。母親はウィルソン夫人宅の女中をしていたが、十六歳で彼を身ごもった。ウィルソン夫人というのはプロテスタントの寡婦で、町から数マイルのところに建つ大きなお屋敷に住んでいた。女中の妊娠が発覚して、その家族がうちの子とはきっぱり縁を切ると宣言しても、ウィルソン夫人はクビを言い渡すことなく、ここで引き続き働きなさいと言いつけた。ファーロングが生まれた朝、母親を病院に連れていかせたのもウィルソン夫人だったし、家に連れて帰らせたのも夫人だった。一九四六年の四月一日の生まれだったので、この子はおばかさんになるわい、と言う者もいた。

ファーロングは幼児時代の多くを、ウィルソン夫人の台所に置かれた籠《かご》型ベッドですごし、少し大きくなると、食器棚《ドレッサー》の横に置かれた大きな乳母車につながれた。こうしておけば、背の高い青の水差しには手が届かない。彼のいちばん古い記憶は、たくさん並んだ取り分け皿、黒いキッチンレンジ——「熱いよ、熱いからね！」——二色の矩形タイルを敷いたぴかぴかの床、彼がハイハイし、のちに歩き、さらに勉強もしたこの床は、駒が跳び越えあったり奪いあったりするチェッカー盤に似ていた。

ウィルソン夫人は子どもがいなかったせいか、ファーロングが大きくなるとますます可愛がり、折々にちょっとした仕事を言いつけ、読み方の勉強もみてくれるようになった。夫人は小さな書斎をもっており、世間にどう見られようと大して気に留めないようで、つつましくわが道を行く人だった。先の大戦で戦死した夫の遺族年金と、よく世話されたヘレフォード種の牛とチェビオット種の雌羊の小さな群れがもたらす上がりで暮らしていた。ネッドという農夫が雇われて住みこんでおり、土地はきちんとフェンスで囲われて管理されていたし、借金もなかったので、夫人の地所まわりでは滅多にもめごとや近隣とのいざこざも起きなかった。プロテスタントとカトリックの宗派の違いによる強い緊張関係もなく、これに関してはどちらも（町の教会はカトリックで夫人はプロテスタント）あまりこだわらない態度だった。日曜日にはウィルソン夫人もすんなり服と靴を替えて、外出用の帽子を髪にピンで留め、ネッドの運転するフォードで教会に出かけていく。車は母と子を乗せてもう少し先の礼拝堂まで行き、みんなで帰宅すると、カトリックの祈禱書もプロテスタントの聖書も次の日曜日か聖日まで、玄関ホールの机に置きっぱなしにされた。

ファーロングは学校でからかわれたり、酷《ひど》いあだ名で呼ばれたりすることもあった。一度などは、コートの背中に唾を吐かれて帰宅したこともあったが、名家との縁故のおかげで、それなりに斟酌《しんしゃく》され守られていた。高校を卒業すると二年制の専門学校に進んだものの、結局は石炭ヤードに行き着き、いま自分の下で働いている男たちと同じ仕事から始めて、ここまで叩きあげてきたのだった。もともと商才があったところに、早起きで酒はたしなまないという良きプロテスタントの性向を身に着け、人付き合いがよく頼りがいがあるとの評判を得るようになった。

さて、そういう彼はいまニューロスの町に妻のアイリーンと五人の娘とともに暮らしていた。アイリーンと出会ったのは彼女がグレイヴズ海運に勤めているときで、よくあるやり方で口説き、映画館に連れていき、宵には曳舟道《ひきふねみち》を長々と散歩したりした。とくに惹かれたのは、彼女のつややかな黒髪と濃い青《あお》鼠《ねず》色の瞳、それに考え方が現実的で頭の回転が速いところだった。ふたりが言い交すと、ウィルソン夫人は新婚生活を始める資金として数千ポンドをファーロングに贈与した。そんなお金を渡したのは、彼の父親はじつは夫人の身内だからだという噂もあった。なるほどな、だからイングランドの王さまたちにあやかってウィリアムって洗礼名をつけたんじゃないか？

しかしながら、ファーロングは実父がだれなのか未だに知らなかった。母親はある日、石敷きの小径にくずおれてあっけなく亡くなった。クラブアップルをいっぱい積んだ手押し車を押して家に向かっているところだった。ゼリーを作ろうとして。「脳内出血」というのが、医者たちがのちに出した結論だった。ファーロングはそのとき十二歳。それから何年ものち、出生証明書の写しを取りに登記所へ行ったが、父親の氏名があるべき欄に書かれていたのは、「不明」のひと言だった。カウンターの向こうから書類を手渡してくる職員は、口元をゆがめて意地悪に笑っていた。

もう過去のことはうじうじ考えまい。ファーロングはもはやそういう心境になっていた。彼の関心は娘たちの養育に向けられていた。アイリーン似の黒い髪と血色のいい肌をもつ娘たちだ。勉強がよくできて、すでに将来が期待されている。長女のキャスリーンなどは土曜には狭いプレハブの事務所についてきて、おこづかいかせぎに会計の手伝いをしているぐらいだ。その週入ってきたお金を記録し、たいていの帳簿は処理できる。ジョーンも目から鼻に抜けるような子で、最近は教会の聖歌隊に入った。ふたりとも聖マーガレット教会附属の中等学校に通っているのだ。

姉妹の真ん中のシーラと、下から二番目のグレイスは、十一か月しか離れていない。もう掛け算の九九をそらで言えるし、割り算の筆算もできるし、地図を見てアイルランドの県や川の名前も言える。ときには台所のテーブルで地図帳の県や川をなぞり、カラーペンで色付けしたりしていた。このふたりにも音楽の芽があり、木曜の放課後には修道女会でアコーディオンのおけいこをしていた。

末っ子のロレッタは人見知りのところがあるが、習字帳にはいつも金星銀星ばかりもらっていたし、イーニッド・ブライトン（『おちゃめなふたご』などの著書があるイギリスの児童文学作家）も読破して、スケッチではテキサコ賞をもらった。太っちょの青いめんどりが凍った池をスケートしている絵を描いたのだ。

ファーロングはときおり、娘たちがささいなことでもきちんとこなしているのを見ると――そう、礼拝堂で膝を折っておじぎしたり、店主がお釣りをくれたときに礼を言ったり――どうだ、これがわが娘たちだという深い喜びをひそかに感じるのだった。

「おれたち、運が好いじゃないか？」ある晩、彼はベッドでアイリーンに言った。「うまくいかん連中もたくさんいるのに」

「ほんと、そうね」

「たいした暮らしじゃないが、それでもだ」

アイリーンの手がシーツの皺をゆっくり伸ばした。「なにかあったの？」

答えるのに一瞬の間があった。「ミック・シノットのとこの坊主が今日も道端で小枝を探していてなあ」

「車を停めてあげたのね？」

「だって、どしゃ降りだったじゃないか。車に乗せて、ポケットにばらで入ってた小銭を渡してやった」

「そうでしょうとも」

「百ポンドも渡したと思うか？」

「そういうことが却って仇《あだ》になることもあるでしょう？」

「だからって、子どものせいじゃない」

「シノットったら、こないだの火曜日、電話ボックスで泥酔してたけど」

「みじめなやつだ」ファーロングは言った。「なにがいけないんだか」

「お酒がいけないんでしょう。少しでも子どもたちのこと考えるなら、あんなにふらふらしてませんよ。お酒なんてきっぱりやめるはず」

「それができないんだろうな」

「そのようね」アイリーンは手を伸ばしてため息をつくと、ライトを消した。

「ツキのないひとってどこにでもいる」

寝る前にアイリーンとそんな小さなことを話しあう夜もあれば、そうではない日もあった。日がな重い積み荷を持ちあげて運んだり、路上でパンクの修理に手間取ってずぶ濡れになったりした日には、家に帰ると食事を済ませて早々に寝てしまい、夜中に目が覚めて、隣でアイリーンがぐっすり眠っているのを感じ——しばらくは横になったまま、あれこれ考えてじりじりしているが、とうとう起きだして階下へおり、薬缶《やかん》を火にかけてお茶を淹れるのだった。お茶のカップを手に窓辺に立ち、おもての通りや、目に入る川の景色や、そこで偶《たま》さかに起きているささいなことを眺める。野良犬たちがゴミ箱の残飯をあさっている。荒っぽく吹きつける風と雨にチップスの袋や空き缶がころがり飛ばされていく。いつまでもパブに居残っていたやつらが千鳥足で家路につく。この千鳥足組がちょっと歌うこともあれば、甲高くいやらしい口笛とばか笑いが聴こえてくることもあり、するとファーロングは身を固くした。自分の娘たちが成長し、大きくなって、男たちの世界へ出ていくことを想像する。いまだって男どもがあの子たちを目で追っているのを見かけるじゃないか。でも、しじゅう心のどこかで不安を感じている。なぜだかわからないが。

　なにもかもいっぺんに失うことなど、しごくたやすい。ファーロングにはよくわかっていた。たいした遠出はしないが、ちょっと出かければ、町中にも町はずれの道にもツキのないやつらがごろごろしていた。失業手当給付の列はますます長くなり、そこには電気代を払えず、空の石炭容れぐらい寒々とした家に暮らし、コートにくるまって寝ている男たちが並んでいる。毎月第一金曜には、子ども手当をもらおうと、買い物袋をさげた女たちが郵便局の壁際に列をつくった。それにもっと郊外にいけば、搾乳してもらえず苦しげに鳴いている乳牛がいるのも知っている。牛の世話をしていた男たちがぷいと出ていき、イングランド行きの船に乗ってしまったからだ。一度などは、支払いをするためにセント・マリンズ村（カーロウ県の南にあるバロー川東岸の小さな村）くんだりから車に乗せてもらってきた男がいた。借金を勘定すると一睡もできないからジープを売るはめになったらしい。銀行が矢の催促をしてくると言う。またある早朝などは、司祭宅の裏手で年端もいかない学童が、猫用のボウルから牛乳を飲んでいるのを見かけた。

ファーロングは配達の車中ではラジオを聴く気になれなかったが、たまにはダイヤルを合わせてニュースを仕入れた。時は一九八五年。若者たちは町に見切りをつけ、ロンドンやボストンやニューヨークに移り住もうと出ていっていた。ノックに新空港が開設されたばかり。開港式には、下野していたチャールズ・ホーヒー（第六代アイルランド首相）御自らが出向いてきて、テープカットを行った。

この年、首相《ティーショク》のギャレット・フィッツジェラルドは北アイルランドをめぐってサッチャー首相との英愛協定に署名したところであり、北アイルランドのベルファストではユニオニスト（英国とアイルランドの連合王国関係の継続を主張する人々）らが太鼓を打ち鳴らしてデモ行進し、ダブリン側からの発言権（英愛協定はアイルランド共和国に、北アイルランドの政策への発言や提案の権利を与えた）に抗議していた。一方、共和国のコークとケリー両県では、また彫像が動きださないかと待ちかまえる群集は減少しつつあったが、それでも人々はあちこちの聖堂に集まり、その時を待ちかまえていた（コーク県バリンスピトル村ではこの年に聖母マリア像が呼吸したり動いたりしたと報告されている。同年、アイルランド中の聖母マリア像が動いたとされる）。

ニューロスの町ではすでに造船所が閉鎖されており、バロー川のむこう岸にある大きな肥料工場〈アルバトロス〉は数度にわたる一時解雇を行っていた。ベネット社は十一人も職員をクビにしたし、アイリーンが働いていたグレイヴズ海運はこの会社がない町などみんな記憶にないぐらい古いのに、店を畳んでしまっていた。競売人はさっぱり買い手がつかないとこぼし、これじゃエスキモーに氷を売ろうとするようなもんだと嘆いた。石炭ヤードに近い花屋も窓に板を打ちつけていた。ある晩、店主のミス・ケニーがファーロングの店の男たちに、釘を打つから板を押さえてちょうだいと頼んできたのだ。

冷えこむ時勢だったが、だからこそファーロングは負けずに進んでいこうと決意を固くしていた。頭《ず》は低く、世の趨勢《すうせい》を見極め、娘たちを養い、娘たちが順調に育って聖マーガレット学院をちゃんと卒業できるように。この町では唯一の名門女子校なのだから。

第三章

　クリスマスが近づいてきた。もう広場にはしゃれた樅の木が据えられ、その隣には、イエスがお生まれになった飼い葉桶と、降誕を祝う人々の像も飾られていた。まだペンキ塗りたてのこの像は、聖ヨゼフの赤と紫のローブについては、色がどぎつすぎると苦情が出たものの、聖母マリアは伝統的な青と白の出で立ちで奥ゆかしく跪いており、おおむね好評だった。たがいにそっくりの茶色いロバも、眠る二匹の雌羊と飼い葉桶を見守るように寄り添っていて、クリスマスイヴにはこの桶に幼子イエスの像が置かれるだろう。

十二月の第一日曜日、陽暮れ後にこの市庁舎の外に集まり、イルミネーションの点灯を見るという慣わしが、この町にはあった。その午後は、雨は降らずに天気がもっていたが、風は冷たく、アイリーンは娘たちにアノラックのジッパーを上まで閉めさせ、手袋も着けさせた。町の中心まで来てみると、すでにパイプバンド（太鼓と笛吹きの鼓笛隊）とクリスマス・キャロルの合唱隊が集合しており、ケホーのおかみさんは屋台を出して、ジンジャーブレッドとホットチョコレートを売っていた。先に到着していたジョーンは聖歌隊の子たちと一緒にキャロルの歌詞を配っており、その間を修道女たちが歩きまわって指揮をとったり、裕福な家の親たちと歓談したりしていた。

　ただ立っているのも寒いので、みんなしばらくは歩道をぶらついていたが、そのうちハンラハンの店の軒先に引っこんで寒さを凌ぐことにした。アイリーンは立ち止まって、濃紺のエナメル靴とおそろいのハンドバッグに見惚れ、近所の人たちや、ふだん見かけない遠方の住人たちともおしゃべりをして、この機に耳寄りなニュースを収集し共有するのだった。

まもなく、市議会議員のスピーチがあるのでみなさん集まってくださいというアナウンスがあった。クロムビーの高そうなコートに階級章をつけた市議がメルセデスから降りてきて、短いスピーチをすると、スウィッチが入ってイルミネーションが点灯した。そのとたん魔法のひと幕のように、色とりどりの電球に照らされた町は長くつらなる明かりの下で息づき変貌したかのように見えた。ライトが人びとの頭上で心地よく風に吹かれて揺れている。集まった町民たちの喝采が静かなさざなみのように広がると、間髪入れずパイプバンドの演奏が始まった——ところが、太った大柄なサンタが通りをやってくるのが見えると、ロレッタは怯えて後ずさり、泣きだしてしまった。

「怖くないよ」ファーロングはそう言ってなだめた。「父さんみたいな男のひとが衣装を着ているだけなんだ」

ほかの子どもたちがサンタの洞穴《グロット》（クリスマス期間に設置されるサンタの家を模した空間）の前に列をつくり、プレゼントをもらっているのに、ロレッタだけは身をこわばらせてファーロングの手を握っていた。

「いやなら行くことはないさ、おちびちゃん《リャーヌフ》」ファーロングは言った。「父さんとここにいなさい」

そうは言ったものの、ほかの子たちが嬉々として寄っていくものを前にわが子が怖じ気づくのを見ると心が痛み、いずれこの娘は世の中がもたらすものに立ち向かう勇気や力を持てるだろうかと案じずにはいられなかった。

その晩、みんなで家に帰ると、アイリーンはいいかげんクリスマスケーキを焼かないと、と言った。上機嫌でオドラムズ（オートミールの老舗メーカー）のレシピをとりだし、まずファーロングに作業を頼んだ。一ポンドのバターとお砂糖を茶色いデルフトのボウルに入れて、ハンドミキサーでクリーム状にしてね。そのかたわら、娘たちはレモンの皮を擦りおろし、オレンジピールやチェリーのシロップ煮を刻み、沸かしたお湯に皮つきのアーモンドを浸してから皮を剝いていく。一時間ほどかけて、干し果実を選り分け、種なし白ぶどうのスルタナ、カラント、レーズンの実を茎から捥《も》ぎとり、一方、アイリーンは粉やスパイスを篩《ふるい》にかけ、バンタム鶏の卵を割り混ぜ、ケーキ型の内側にバターを塗り、茶色いハトロン紙で型を二重にくるんで、より紐でしっかり縛った。

ファーロングはレイバーン（キッチンレンジの老舗で代名詞）の火入れを担当し、ショベルにこんもり一杯の無煙炭を投入すると、ひと晩オーヴンの温度を低く安定させておけるよう通気を調整した。

アイリーンはケーキの素ができあがると、それを木製スプーンで四角い大きな型に流しこみ、平らにならしてトントンと何回かテーブルに打ちつけ、液が四隅まで行きわたるようにしながら軽く笑い声などたてていたが、型がオーヴンに収まって扉が閉められるや、室内を見まわして娘たちに言いつけた。部屋を片づけて、母さんがアイロンがけに取りかかれるようにしてちょうだい。

「あなたたち、サンタさんにお手紙を書いたらどう？」

あいかわらずだな、とファーロングは思った。次から次へと手近にある仕事を片づけ、よどみなく機械的に作業をつづける。もし彼女たちにものをじっくり考えたり振り返ったりする時間が与えられたら、どんな人生になるだろう？

まるで違ったものになるか、ほとんど変わり映えがしないか——それとも、そうなったら自分を見失ってしまうかな？　バターと砂糖をかき混ぜながらも、ファーロングは心ここにあらずだった。クリスマスも近い日曜日にこうして妻と娘たちと過ごしていても、どうしても明日のことを考えてしまう。だれがなにをツケで買っていくか、どんな注文の品をどうやっていつ配達するか、どの仕事をどいつに任せればいいか、ツケをどこでどうやって回収すればいいか——そうやって明日が終わらないうちに、もう次にやってくる日のことで、またまた同じ心配をしているはずだ。

さて、アイリーンを見れば、アイロンのコードを延ばしてコンセントロに差しこむところで、娘たちは習字帳と鉛筆ケースをテーブルに出して頭を寄せ合い、手紙を書こうとしていた。ファーロングはいつしか子どもの頃の自分を思いだして悄然とした。サンタに、お父ちゃんをください、そうでなければ五百ピースの農場のジグソーパズルを、というお願いの手紙を書いたことがあった。クリスマスの朝、ウィルソン夫人が折々に使わせてくれる客間に降りていくと、暖炉にはもう火があかあかと燃え、樅の木の下には同じ緑色の包みが三つ置かれていた。一つめには、爪ブラシと石鹸が入っていた。二つめの包みには、ネッドからの贈り物の湯たんぽが。三つめの包みはウィルソン夫人からで、ディケンズの『クリスマス・キャロル』が入っていた。赤いハードカバーで挿絵はなく、かび臭い古本だった。

ファーロングはがっかりしたのを悟られまいと外に出ると、牛舎にもぐって泣いた。サンタさんもお父ちゃんも来てくれなかった。ジグソーパズルさえもらえなかった。学校で自分がみんなに言われていることや、つけられたあだ名を思いだし、そうか、だからもらえなかったんだと納得した。顔をあげると、仕切り内につながれた乳牛が目に入った。満ち足りたようすで、まぐさ棚の干し草をむしゃむしゃ食べている。ファーロングは家にもどる前に、馬の水桶で顔を洗うことにした。水面に張った氷を割って、冷たい水のなかに深々と両手を突っこんでそのままにし、胸の痛みを紛らわそうとした。しばらくそうしているると痛みは感じなくなった。

お父ちゃんはいまどこにいるんだろう？　ときどき気がつくと、年かさの男性をじっと見て、自分と似た見目がないか探していたり、手がかりを求めて町の人たちの会話に耳をそばだてていたりする。ぼくの父親を知っている人はこの町にきっといるはずだ――だれにだってお父ちゃんはいるんだから――仲間うちのおしゃべりでだれもなにも漏らしたことがないというのは、あり得ない気がした。だって、人間というのは自分の正体や、自分が聞いたことを、うっかりばらしてしまうものじゃないか。

ファーロングは結婚してまもなく、ぼくの父さんを知っていますかとウィルソン夫人に問いただす決意をしたものの、果たせていなかった。いつの晩にでも、勇気をふりしぼって訪ねていくことはできたのに。とはいえ、ファーロング母子をなにくれとなく世話してくれていた夫人にしてみれば、そんな質問は無礼に感じたかもしれない。しかし決意をしてから一年も経たないうちに、ウィルソン夫人は卒中の発作に見舞われ、病院に担ぎこまれた。その日曜日、ファーロングが見舞いにいくと、夫人は左半身が動かせなくなっており、会話もできなかったが、だれが来たのかは認識でき、使えるほうの手をあげた。まるで幼子のように、花柄のナイトガウンのボタンを首元まで留め、ベッドに半身を起こして窓の外を眺めていた。四月の突風の吹く日の午後だった。汚れのない大きな窓ガラスのむこうでは、咲き誇る桜の木から白い花びらが風に吹かれ、猛吹雪《ブリザード》のように舞い飛んでいたが、夫人は部屋を閉め切っておくのを好まないので、ファーロングは窓を少し開けたのだった。

「サンタちゃんは父さんのところにも来た？」そのときシーラがそう訊いてきたので、ぞくりとした。

うちの娘たちはときどき小さな魔女みたいになるな。黒髪だし、じつに目敏いし。女が男たちを腕力の強さや性欲や社会権力ゆえに恐れるのは無理もないが、不気味な直感が備わった女たちのほうがずっと深い。なにかが起きるはるか前に予知したり、それを夢に見たり、ひとの心を読んだりできるのだから。自分自身も結婚生活のなかで、アイリーンのことをなかば恐れたり、その胆力や鋭い直感をうらやんだりしたことがあった。

「ねえ、父さんてば」シーラが言った。

「ああ、サンタちゃんは来たとも」ファーロングは答えた。「農場のジグソーパズルをくれた年もあるよ」

「ジグソーパズル？　それだけ？」

ファーロングは言葉をのみこんだ。「手紙を書いてしまいなさい、リャーヌフ」

その晩、娘たちの間では、だれがどのプレゼントをサンタにお願いするか、なにを姉妹間で共用してもよいか、あるいは共用できるものはなにか、すんなりとは決まらず、若干もめごとが持ちあがった。アイリーンが間に入って、これこれは充分にあるかむしろ余っているなどと指示し、ファーロングは単語の綴りを教えてやったりした。

グレイスはそろそろ年齢が年齢なので、サンタの住所が短すぎてへんだと言いだした。

「〈サンタ・クロースさま、北極〉。これだけって、あり得ないでしょう？」

「あっちでは、サンタさんのおうちはみんな知っているのよ」長女のキャスリーンが言った。

ファーロングは長女に目配せをした。

「お手紙がちゃんと間にあったか、どうしたらわかるんだろ？」

ロレッタは顔をあげて、精肉店のくれたカレンダーに目をやった。月の満ち欠けの図が書かれた最後の十二月のページが、すきま風にちょっとあおられていた。

「まず、お父さんがポストに投函するでしょ」アイリーンが口を挟んだ。「すると、サンタさん宛ての手紙はぜんぶ速達で運ばれるの」

アイロンがけはシャツとブラウスはもう済んで、枕カバーにとりかかっていた。いちばん大変なことからやっつけるのが、アイリーンの常だった。

「テリー（テレビの俗語）をつけてニュースを見ましょうか」彼女は言った。「ホーヒーがこっそり戻ってくる気がするのよ」

とうとう手紙が封筒に入れられ、糊の部分をなめて封をされると、それは炉棚の上に置かれて投函を待つことになった。ファーロングは棚に飾られたアイリーンの家族の額入り写真を見やった。父親、母親、そして妻にふさわしい数人の家族と、妻が好んで集めた小さな装飾品が一緒に写っていた。そういう細々した飾りは、もっと洗練されて簡素な物に囲まれて育ったファーロングにはどうも安っぽく見えた。とはいえ、そういう物が自分に合わないからといってとくに問題と思ったこともなかった。物にはそれぞれ喜んで使う人がいるのだから。

翌日は学校のある日だったが、その晩、娘たちは夜更かしを許された。シーラは水差しに一杯、ライビーナ（黒すぐりの清涼飲料水）を作り、ファーロングがレイバーンの前に陣取って、ソーダブレッドの薄切りをおどけながら長フォークでトーストすると、娘たちがその上にバターとマーマイト（ビールの酒粕で作ったスプレッド）とレモンカードを塗ってくれた。焦がしてしまったソーダブレッドは、父がみずから食べた。ちょっと目を離した隙に、火に近づけすぎてしまった自分の責任だからと。そうするうちにファーロングはなんだか胸がつまってきた。こんな夜はもう経験できないような気がして。

この日曜日のなにがいまの自分の胸に沁みるのだろう？　気がつけば、またもやウィルソン夫人のもとで育った日々を思いだしていた。考える暇があるから、感傷的になっているだけなんだろう。町がイルミネーションで色づき、音楽が流れ、聖歌隊で歌うジョーンの姿があり、しかもわが子はその場でほかの子たちによく融けこんでいた——そこにレモンが香ってきて、またファーロングの思いはあの立派で古めかしい台所でクリスマス時季にも働いていた母のもとへ飛んだ。レモンの使い残しをあの青い水差しの一つに入れ、砂糖を加えて、ひと晩漬けこみ、クラウディレモネード（炭酸飲料を使わない英国の伝統的なレモネード）を作っていたっけ。

じきにファーロングは夢想から覚め、ものごとはなんでも一回きりだと結論づけた。それぞれに月日とチャンスが与えられ、それは二度ともどらない。だから、ここでこうして暮らしながらたまに昔のことを思いだしたって——いやな思い出はあるにしろ——好いじゃないか。日々の段取りや、起きないかもしれない明日のトラブルのことばかり考えつめているよりも。

　顔をあげると、もう十一時に近かった。

　アイリーンは夫の視線に気がついて、「あなたたち、もうおやすみの時間はとっくに過ぎてますよ」と娘たちに注意しながら、またアイロンの蒸気を当てた。「そのへんで切りあげて、歯を磨きなさい。もうあしたの朝までお願いごとは聞かないからね」

　ファーロングは立ちあがると、電気ケトルに水を入れて、娘たちのゴム製の湯たんぽのお湯を沸かした。沸騰したら、湯たんぽのうちの二つにお湯を入れ、注ぎ口からヒューーッと空気を押しだしてから蓋をきつく締めた。もう一度お湯が沸くのを待ちながら、ファーロングは昔々のクリスマスにネッドがくれた湯たんぽのことを思いだした。がっかりはしたものの、その後長いあいだ、あの贈り物には夜ごとに温められたものだ。それに、次のクリスマスが来るまでには、『クリスマス・キャロル』のおしまいのページまでたどりついた。ウィルソン夫人が大きな辞書を引いて単語を調べるよう勧めてくれたからだ。夫人には、だれもが「語彙《ボキャブラリー》」をもつべきだと言われたものの、ボキャブラリーという語が辞書で見つからず、しばらくしてこの語の三番目の文字はkではなくcだと判明した。その翌年には、ファーロングは綴り方のコンテストで一位になり、スライド式の蓋が定規にもなる木製の鉛筆ケースを賞品にもらうと、ウィルソン夫人はわが子のように彼の頭をなでて、褒めてくれた。「あなたの努力のたまものですよ」と言って。それから一日かそこらは、ファーロングも一フィート（約三十センチ）ぐらい背が高くなった気分で、おれだってほかのみんなに負けないんだぞと密かに思いながら闊歩したのだった。

娘たちが床について、アイロンがけの最後の一枚を折りたたんで仕舞うと、アイリーンはテレビを消して、キャビネットからシェリーグラスを二つとりだして、デザートのトライフルを作るのに買っておいた〈ブリストル・クリーム〉（甘口のシェリー酒）を注いだ。ため息をつきながらレイバーンの前に置いた椅子に座ると、靴を脱いで、髪の毛をほどいた。

「長い一日だったね」ファーロングは労《ねぎら》った。

「ともかくも」と、アイリーンは言った。「ここまでは片付きましたよ。わたしったら、どうしてケーキ作りを先延ばしにしていたのかしらね。今夜、外で会った奥さんたちのなかでまだ焼いてない人は一人もいなかった」

「少し歩調をゆるめないと、引き返してきた自分と出くわすよ、アイリーン」

「そう言うあなたもね」

「おれは少なくとも日曜は定休にしてる」

「まあ、定休かもしれないけど、ちゃんと休んでいるのかってこと」

アイリーンはそう言って階段のたもとにある部屋のドアを一瞥し、娘たちが眠っているかどうか見極めようとするかのように腰を浮かせた。

「やっと落ち着いたようね。ちょっとそこの炉棚の手紙を取ってくれません？なにが書いてあるか見ましょうよ」

ファーロングが炉棚から封筒を持ってくると、父と母はそれをひらいてともに中身を読んだ。

「あの子たち、無理難題いわず、なかなか節度があって健気じゃないですか？」しばし手紙を読んでからアイリーンは言った。「相応のことをしてやらなきゃ」

「ほとんどおまえのお陰だよ」ファーロングは言った。「おれなんか一日中仕事に出ていて、帰ってきたら食べて寝るだけだものなあ。朝はまたあの子たちが起きる前に出ていっちまうし」

「いいんですよ、ビル」アイリーンは言った。「うちには一ペニーの借金もないし、それはあなたのお陰なんだから」

「あの子たち、綴りも正しく書けるようになってきたな――けど、ロレッタの〝Deer Santa〟ってのはなんだ？」

ふたりは時間をかけて五人の手紙に目を通してから、なにを買うべきでなにを買うべきでないかを話しあった。ああだこうだとがんばったのち、買えるだけのものは買ってやろうという結論になった。キャスリーンにはジーンズ。このところリーバイス501sのテレビコマーシャルを食い入るように見ていた。

ジョーンには〈クイーン〉のアルバム。この夏は〈ライヴ・エイド〉にご執心で、フレディ・マーキュリーに首ったけになっていた。シーラの手紙はいちばん短く、スクラブルをくださいと書かれていた。第二候補はなし。グレイスには地球儀を贈ることにした。彼女は欲しいものを決めかねて、長いリストを書いていた。一方、ロレッタに迷いはなかった。サンタさん、イーニッド・ブライトンの『五人、うみへいく』か、『五人、とうぼうする』か、りょうほうともどうぞおねがいできたら、おっきくきったケーキをおいてあげます。もうひときれ、テレビのうしろにもかくします。と書かれていた。

「さあて、またひとつ仕事がだいたい片付いた。あしたの午前中、子どもたちが学校にいる間に、バスでウォーターフォードに出て買い物をしてきますよ」

「車で送っていくか？」

「あなたにそんな時間あるわけないでしょう、ビル」アイリーンはそう答えた。「あしたは月曜日だもの」

「そのようだな」

アイリーンはオーヴンの扉を開けると、一瞬ためらってから、娘たちの手紙を燃える火の上に落とした。

「うちの子たち、たくましく育っているわね」

「あっという間に結婚して出ていってしまうよ」

「そういうものじゃありませんか?」

「過ぎていく月日は一瞬も立ち止まってくれないからな」

オーヴンの温度計を確認すると、針は望んだとおりの低温を指しており、アイリーンはさらに火力を小さく絞った。

「わたしへのクリスマスプレゼントは決まった?」妻は明るい声を出した。

「ああ、心配なく」ファーロングは答えた。「今夜、ハンラハンとこの軒先でちらちら見ていたから、ヒントになったよ」

「あら、言わなくても気づいて、先々考えてくれるなんて助かる」アイリーンの顔は満足げだった。「それで、あなたの欲しいものは?」

「必要なものはたいてい揃ってるさ」ファーロングは答えた。

「新しいズボンが要るんじゃない？」

「それは、どうかな」ファーロングは言った。「本は、どうだろう。クリスマス休暇には少し腰を落ち着けて読めるかもしれない」

アイリーンはシェリーをひと口飲むと、夫をちらっと見た。「どんな種類の本？」

「了解」

「ウォルター・マッケンとか。それとも、ディケンズの『デイヴィッド・コパフィールド』でもいい。あれは、これまで手つかずなんだ」

「それとも、大きな辞書をうちに、娘たちに、一冊買うか」

辞書がうちにあるのはいいなと、ファーロングは思った。

「なにか心配事でもあるの、ビル？」アイリーンは丸いグラスの縁を指でなぞった。「今夜はずいぶん上の空たけど」

ファーロングは熱い眼差しを向けられ、また妻の鋭い勘が働いているのを感じて目をそらした。

「ウィルソンさんちのことを考えていたでしょ？」

「うん、いろいろ思い返していただけだよ」

「そうだと思った」

「ものごとを思い返すことはないかい、アイリーン？　気をもむというか。ときどきおれにもおまえの頭があったらと思うよ」

「気をもむ？」アイリーンは言った。「ゆうべ、キャスリーンに虫歯ができてそれをペンチで引っこ抜いてる夢を見ましたけど。それでベッドから落ちそうになって」

「まあ、そういう晩はだれにでもあるよ」

「でしょうね。クリスマスが近づいて出費がかさんだりしているし」

「順調だと思うかい、あの子たちは？」

「それ、どういう意味？」

「いや、その」ファーロングは口ごもった。「ロレッタがサンタのとこに行こうとしなかったろう。今夜、広場で」

「まだ子どもですから」アイリーンは言った。「ようすを見てやりましょ。そのうち調子が出るんじゃないですか」

「でも、おれら、大丈夫だろうか？」

「もしかしてお金のことですか？　今年もつつがなく過ぎたでしょう？　わたしはいまでも〈信用組合〉に毎週いくらか預けているし。来年の今頃までには、ローンを組んで表側の窓を新しくする必要がありそうだけど。このすきま風にはまいるわ」

「自分でもなにを言いたいのかよくわからん」ファーロングはため息をついて言った。「今夜はちょっと疲れてるってことだろう。気にしなくていいよ」

一体なにが気がかりなんだ？　ファーロングは訝《いぶか》った。仕事をしていれば、心配は絶えない。まだ暗いうちに起きてヤードに出て、一軒ずつ配達をして一日が過ぎ、陽が落ちてから家に帰ってしみついた黒い汚れを落とそうとし、食卓で夕飯を食べたと思ったら眠りに落ち、翌日はまた暗いうちに起きて昨日と同じ一日を繰り返す。日々の生活はなにひとつ変わることなく、なにか別なもの、新しいものに形をなすこともないんだろうか？　最近までは、アイリーンと娘たちのほかに大切なものなんてあるかと思っていた。けれど、四十の声を聞く頃になっても、どこにも行き着ける気がしないし、前進している手応えすらない。こんな毎日はなんのためにあるのかと時々つい考えてしまう。

そこでやにわに、ある夏、専門技術学校の長期休暇の間、キノコ工場でやった仕事を思いだした。仕事の初日、後れをとらないよう精一杯がんばったが、それでも作業ラインでキノコを摘んでいる他の工員に比べると手が遅い。端から端まで摘む頃には汗だくで、作業のスタート地点を振り返って見てみた。すると、つぎの若いキノコがもう配合土の下から顔を出していて――ああ、これと同じ工程が何度も何度も、来る日も来る日も、この夏の間じゅう繰り返されるのかと思うと、がっくりと気落ちしたものだ。

この話を妻にぶちまけそうになる強烈でばかげた衝動にしばし耐えていたが、アイリーンは明るい口調になって、今日広場で収集してきたニュースを話しはじめた。もう結婚しないだろうと言われていた中年の下請け業者が、自分の年の半分ぐらいの若いウェイトレスにプロポーズしたとか。エニスコーシー（ニューロスから三十キロほど東にある町）の〈マーフィー・フラッズ・ホテル〉で働いている子よ、街に連れていって〈フォリスタルズ〉のトレーから一番安い指輪を選んで買ったんだって。それから床屋の息子だけど、あの若い技師でまだ服役している子よ、なんでも珍しいタイプのガンで余命が一年もないと診断されたとか。それから、クリスマス後に、〈アルバトロス〉でさらに数人の一時解雇が出るという噂――あと、来年の早い時期にサーカスが街に来るんですって。よりにもよってこんな時期にね。あの女郵便局長が三つ子を産んだのよ、しかも三人とも男の子。まあ、これは目新しいニュースじゃないか。それから、ウィルソンさんちが家畜をみんな売り払って、もうあの地所には何匹かの犬しか残ってないって。土地も賃貸しして、いまは耕作地になっているしね。ネッドは気管支炎の気味があるそうよ。

噂話がひととおり尽きると、アイリーンは〈サンデー・インデペンデント〉紙に手を伸ばして、それをひと振りしてひらいた。今回が初めてではないが、とファーロングはつくづく思う。おれが話し相手じゃアイリーンはつまらんだろう、と。長い夜の暇つぶしになったためしがない。ほかの男と結婚した人生を思い描いたりしたことはないかな？　ファーロングは炉棚の時計がチクチク時を刻み、風が煙道で不気味な音をたてるのを聴きながら、まんざらでもない気持ちで腰をおろした。また雨が降りだしていて、窓に強く吹きつけ、カーテンを揺らしていた。オーヴンの中からは、無煙炭の塊がくずれてぶつかりあう音が聞こえてきたので、ファーロングはもう少し燃料を足しておいた。

　いつしか睡魔が襲ってきたもののなんとか持ちこたえ、まどろんだりはっと目覚めたりを繰り返していたが、時計の短針が三時を指す頃には、クリスマスケーキは真ん中に編み針を深く刺しこんでも生地がつかないほどよく焼けていた。

「よし、フルーツはなんとか落ちずに済んだ」アイリーンは満足げに言うと、焼きあがったケーキにベイビーパワー（アイリッシュウイスキーの銘柄）を振りかけるという〝洗礼〟をほどこした。

第四章

カラスの十二月だった。こんなカラスの光景は、だれも見たことがなかった。町のはずれに黒い群れを点々となし、そのうち町にもやってきて通りを歩くようになり、どんな所だろうがお眼鏡にかなった〝見晴台〟があれば厚かましく止まって首をかしげ、死骸を食い荒らしたり、食べられそうなものが道路に落ちていれば降下してきて悪さをしたりし、そうして夜になるとようやく修道女会の建物のまわりに立つ大きな老木のねぐらへ帰っていった。

この女子修道院は川むこうの丘の上に建ついかめしい建物で、黒い門は開け放され、町側には、磨きこまれた細長い窓がやたらとたくさんあった。前庭の芝刈りは一年中万全で、こんもりと並んだ低木の茂みは整えられて地所を引き立て、高い垣根はきっちり四角く切りそろえられていた。ときどき庭で小さな火が焚かれると、緑色っぽい妙な煙が川を越え、町まで漂ってきた。風向きによっては、ウォーターフォードの方角にまで。長雨がやみ、冷えこむ時季になると、町の人びとはこの修道院の景色についてなにかしら論評した。赤い実をつけたイチイと霜のおりた常緑樹が映えて、まるでクリスマスカードみたいだとか、あそこの聖なるヒイラギの実はなぜか鳥たちも一粒たりとも啄んだことがないとか。庭師のじいさん自らがそう言っていたらしい。

この修道女会を運営する〈グッド・シェパード教会〉（グッド・シェパードは「よき羊飼い」。キリストを指す）の修道女たちは女子のための訓練学校を運営し、基礎教育をさずけていた。また、教会は洗濯所も経営していた。訓練学校のほうの話はとんと聞こえてこなかったが、洗濯所の評判はよかった。町のレストラン、ゲストハウス、介護施設や病院、聖職者たち、そしてお金に余裕のある家庭はこぞって、ここに洗濯物を出していた。噂によれば、ここに預けられた洗濯物は山ほどのベッドリネンだろうが、一ダースぶんのハンカチだろうが、新品同様になって返ってくるという。

この場所にかんしては、べつな噂もあった。あの訓練学校の娘たち（と町では呼ばれていた）はなにを習っているでもなく、ただの不良娘たちで、日々矯正指導を受け、汚れたシーツの染みを洗い落とすことで罪を贖《あがな》っているのだとか、日の出から日の暮れまで働かされているとか。地元の看護婦が言うには、洗い桶の前に長時間立ちっぱなしのせいで静脈瘤ができてしまった十五の小娘の治療に呼びだされたことがあると。かたや、こんなことを言う人たちもいた。いや、そうじゃない、修道女たちが自ら身を粉にして働き、アラン模様のセーターを編んだり、輸出用のロザリオの数珠を作ったりしているんだ、あれは黄金の心を持つ目のわるい女性たちで、しゃべることを許されず祈ることしかできないんだ、とか、半日でバターつきパンしか与えられていない人もいるけど、仕事が終わったら夜は温かい食事を出してもらえるらしい、とか。いやいや、あそこは母子収容施設みたいなもんに違いない、赤ん坊を産んだそのへんの未婚の娘を世間から隠すために送りこまれるんだ、と言い張る者もいた（アイルランドには一九二二年～九六年に、未婚の妊娠女性などを送りこむ施設が実在した）。私生児を金持ちのアメリカ人の家に養子に出すか、オーストラリアにやってしまったら、娘の家族がそこに送りこむのさ、とか、そういう赤ん坊たちを外国に出すことで修道女たちはたんまり儲けているらしい、とか、まあ、ある種の産業だな、とか。

とはいえ、噂はまちまちだった。半分がたはまるで信憑性がない。なにせ、町は暇人とゴシップに事欠くことはなかったから。

ファーロングはそんな噂はどれも信じたくなかったが、ある夕方、修道女会に配達に行ったところ、約束の時間よりまだだいぶ早く、正面にはひとけがなかったので、切妻壁の側にまわった。石炭小屋の前を通りすぎたあたりの塀に重厚な扉があり、差し錠を引き、扉を押して中に入っていくと、建物の横手にこぎれいな果樹園があって、木々には果実がたわわに実っていた。赤や黄色の林檎や梨。そばかすだらけの梨の一つも頂戴しようと思いながら入っていこうとしたところ、深靴が芝生に触れたとたん、性悪そうなガチョウの一群が飛びだして迫ってきた。ファーロングが後足《しりあし》を踏むと、ガチョウたちは爪先立って羽根をバタバタさせ、どうだとばかりに首を伸ばして、敵へのブーイングをやめなかった。

ガチョウたちから追い立てられていくと、明かりのついた小さな礼拝堂があり、入ってみれば、そこには一ダースにあまる若い女性と女の子たちの姿があった。みんな両手両膝をつき、昔ながらのラベンダー色の缶入り床ワックスとぼろ布を使って、床の同じ所をぐるぐる磨いて心の禊《みそぎ》をおこなっていた。ファーロングの姿を目にしたとたん、彼女たちは火傷したかのような反応を見せた――シスター・カーメルはどちらですか、こちらにいますかと尋ねながら入っていっただけなのに。一人として靴を履いておらず、黒い靴下となんだかごわごわした鼠色のシフトドレスで歩きまわっていた。ある娘は片目に汚らしいものもらいが出来ていたし、ある子の髪の毛は盲人が植木ばさみで仕事したみたいにふぞろいだった。

ファーロングに話しかけてきたのはこの子だった。

「おじさん、あたしらを助けてくれない？」

ファーロングは思わず後ずさった。

「そこの川まで連れてってほしいんだ。それだけでいい」

その子は大まじめで、言葉にはダブリンの訛りがあった。

「川までだって？」

「じゃなきゃ、門から出してくれるだけでもいいや」

「無理だよ、わたしには。きみをどこかに連れていくなんて」ファーロングは空っぽの掌をひらいて見せながらそう答えた。

「じゃあ、おじさんちに連れて帰ってよ。ぶっ倒れるまでお仕えするよ」

「うちには五人の娘とかみさんがいるんだがね」

「へえ、あたしにはだれもいない——だから溺れちゃいたいだけなのに。あたしらのために、そんなこともしてくれないのか？」

と言うと、その子は不意に膝をついて、磨き掃除を再開した。ファーロングが振り返ると、修道女がひとり懺悔室のあたりに立っていた。

「シスター」ファーロングは呼びかけた。

「なにかご用でしょうか？」

「シスター・カーメルを探していただけなんです」

「今日は聖マーガレット学院のほうに行っております」修道女は答えた。「ご用をおうかがいいします」

「薪と石炭をお持ちしたんですよ、シスター」

相手がだれだかわかると、修道女の態度が豹変した。「芝生に踏みこんでガチョウを脅かしたのは、あんただね？」

なぜかファーロングはこっぴどく叱りつけられた気分になり、さっきの娘の件は忘れて、修道女に付き従って屋内から正面玄関に出た。ここで修道女は明細票をざっと見て燃料を検《あらた》め、注文の品に間違いないことを確認した。彼女が石炭屋をその場に残して、建物の横手にもどっていくと、ファーロングは石炭と薪を石炭小屋に納め、そうするうちに修道女がお金を持って正面口に出てきた。彼女がお札を数えている横で、ファーロングはこの修道女をしげしげと観察した。長年好き勝手やるのを許されてきたので、甘やかされて強情になってしまったポニーって感じだな。さっきの娘のことでなにか言ってやりたい気持ちが込みあげてきたが、それもすぐに萎え、結局は修道女に求められた領収書を黙って書いて渡すことしかしなかった。

ファーロングはローリーに乗りこむなりドアを閉め、車を発進させた。修道女会の敷地から道路に出て走っているうちに、角を曲がりそこねてあらぬ方角へ向かっているのに気づき、急ブレーキを踏んで、落ち着け、そうかりかりするなと自分に言い聞かせる羽目になった。両手、両ひざをついて床磨きをしていた若い女たちの姿と、あの悲惨なありさまが浮かんできて仕方がない。衝撃はそれだけではなかった。あの修道女について礼拝堂から正面口にいく途中、果樹園から建物に入るドアに内側から南京錠が掛けられていたこと、隣接する聖マーガレット学院と修道女会の境にある高い壁のてっぺんはガラス片がびっしり埋めこまれて乗り越えられないようにしてあることに気づいたのだ。しかもあの修道女は支払いが済むなり中に入って、正面口にも鍵を掛けたようだ。

霧がたれこめてきており、遠近《おちこち》を白い帳《とばり》で包んでいた。曲がりくねった道路にはUターンできる場所もなかったので、ファーロングは右折して脇道に入り、しばらく走ってからまた右折してべつな道路に出たところ、道幅はますます狭くなった。もう一度右折して、干し草小屋の前を通りすぎたが、さっきも通ったような気がしないでもなかった。そこで短いロープを引きずってうろついている牡山羊《パッカウン》に出会い、つぎにベストを着て長い鉈鎌《なたがま》を持った男に出くわした。道ばたに群生して枯れたアザミをバサバサと刈りとっているのだった。

ファーロングは車を脇に停め、男に声をかけた。

「この道路、どこに行くのか教えてくれませんか？」

「この道路か？」男は鉈鎌をおろすとその柄にもたれ、ファーロングを見据えてきた。「あんたの行きたいところ、どこへでも行けるだろうよ、お若いの」

その夜、床についたファーロングは、修道女会で目の当たりにしたことはアイリーンには伏せておくことも考えたが、思いなおして話すと、妻はこわばった顔で身を起こし、そういうことはわが家には関係がないし、うちにできることはないし、あそこの娘たちだってみんなと同じように暖をとる火が必要ですよね？　と言った。それに、尼さんたちはいつもその場でちゃんとお代を払ってくれてるんでしょう？　大抵の人はあなたが取り立てにいくまでなんでもツケにしておいて、問題になるわけだけど。

アイリーンは意見を長々と開陳した。

「おまえがなにを知っていると言うんだ？」ファーロングは言った。

「知りませんよ、なにも。でも、言っておきますけど」と、アイリーンは答えた。「いずれにしろそういうことはわが家とはなんの関係もないですよね？　うちの娘たちはみんな順調だし、ちゃんと面倒見られているし」

「うちの娘たちだって？」ファーロングは言った。「この件とあの子たちになんの関係があるんだ？」

「だから、関係ありませんったら」アイリーンは答えた。「うちにはなんの責任もないことでしょう?」

「いや、なんの関係もないと思ってたけど、おまえの口ぶりを聴いているうちに、そうとも思えなくなってきた」

「思ったところで、どうなるんです?」アイリーンは言った。「考えたって、落ちこむだけでしょ」と言って、苛立ちまぎれに寝巻の小さな真珠色のボタンをいじった。「うまくやっていきたいなら、目をつむるべきこともあるはずよ。身過ぎ世過ぎということ」

「それに異論はないよ、アイリーン」

「異論があろうとなかろうと、あなたは心がやさしいというだけの話ですよ。ポケットにいくら小銭があろうと全部あげてしまうし——」

「おいおい、今夜はどうしたんだ?」

「べつに。ただ、あなたは気づいてないんだなって。子どもの頃から苦労知らずで育ってるじゃないですか」

「おれが苦労知らずだって?」

「そうね、あの施設には面倒を起こした娘たちが入れられているんだろう。あなたが知っているのはそれぐらいでしょう」

陳腐なブローだったが、こんな反撃は結婚してこのかた、妻の口から出たことがなかった。なにか小さくて硬い塊が喉につかえたようになり、口をきくとも塊を飲みこむこともできそうにない。飲みこむこともできず、かといって雰囲気を和ませる言葉も見つからずにいると、とうとうアイリーンがこう言った。

「ビル、あなたにこんなこと言う必要はないと思うけど」彼女の声は冷静だった。「ひとのことより自分たちの持てるものを大事にし、世の中の流れを見極め、一歩一歩がんばって進んでいけば、うちの娘たちはあそこの子たちみたいな思いはしないで済むんです。あの子たちがあそこに入れられているのは、ケアしてくれる人がこの世にだれもいなかったから。家族はあの子たちをただ野放しにしておいて、いざ困ったことになったら見捨てた。子どものいる家庭《うち》なら、もっと気をつけなくてはね」

「けど、うちの娘たちもああいうことになったら?」ファーロングは言った。

「だから、さっきからそれを言ってるの!」アイリーンはまた声を高くした。「うちの娘たちはあの子たちとは違うんだって」

「ウィルソンさんがおまえと同じ考えじゃなくて助かったな?」ファーロングは妻の顔をまっすぐ見つめた。「もしそうだったら、うちの母さんはどうなってた? おれは今頃どこにいる?」

「ウィルソンさんが面倒みてくれたって言っても、うちとは大違いじゃない?」アイリーンは言い返してきた。「年金と農園からの上がりであんな大きなお屋敷でなにもせずに暮らして、あなたのお母さんやネッドに働かせてた。あんなふうに自分の好きにできる女性なんて、この世にひと握りじゃないの?」

第五章

クリスマスの週には降雪が予想された。燃料屋が十日かそこら店を閉めることになるのはわかっていたから、慌てふためいた人びとは駆けこみで注文を入れようとし、ようやく店に電話がつながると、ちっともつながらなかったぞと文句を言ってきた。そのうえ、年内最後の入荷が遅れていたせいで、これから波止場まで引きとりにいかなくてはならなかった。ファーロングは学校が休暇に入ったキャスリーンに事務所のほうを任せ、自分は遠方の配達をこなしたり、できるだけツケの回収に努めたりした。昼食時にヤードにもどってくると、いつもキャスリーンはすでに次の配達の準備を整え、明細の荷札も付けてくれていたから、手早く食べ物を口につめこんでから午後の配達に向かっても、遅れはほんのわずかで済むのだった。

その土曜日、午前中の配達からもどると、キャスリーンはうんざりした顔つきだったが、入ってきたばかりの注文の準備にふたりでとりかかった。しかも、明細票を手渡してきた彼女によれば、たったいま修道女会から大口の注文があったという。

「品物を夕方までに準備しておくよう、ヤードのほうにすぐ言ってこよう」ファーロングは言った。「あしたの午前中にわたしが配達するよ」

「あしたは日曜日よ、父さん」

「仕方ないじゃないか？　週明けは予定がぎっしりだ――火曜はクリスマスイヴだから半ドンだしな」

ファーロングは気が急いて昼食もとらず、お茶を一杯、ひと摑みのビスケットを齧るだけで済ませたが、ガスヒーターの前では立ち止まり、しばし体を暖めた。ローリーのヒーターの効きがわるくなっており、手足がすっかり冷えていた。

「ここ寒くないか、キャスリーン？」

キャスリーンは請求書の整理をしていたが、それを置く場所がなくて困っているようだった。

「だいじょうぶよ、父さん」

「そうかい？」

「問題《アイム・グランド》なし」

「うちの男たちは、わたしの留守におちょくってきたりしないか？」

「ぜんぜん」

「そんなことあったら、必ず言うんだよ」

「そんなことないったら、父さん。ほんとに」

「神に誓って？」

「神に誓って」

「だったら、どうしたんだ？」

キャスリーンは振り向いた姿勢のまま、書類を手に固まってしまった。

「なにか気になることでも、リャーヌフ？」

長女は修道女会の注文票の控えを伝票差しに刺した。

「お店が休みに入らないうちに友だちたちと買い物に行きたいの。クリスマスのライトを見たり、ジーンズを試着したり。でも、さっき母さんがやってきて、わたしも一緒に歯医者に行かなきゃだめだって」


翌朝、ファーロングが目を覚ましてカーテンを開けると、空が妙に低く見え、ほの暗い星がまだいくつか瞬いていた。通りでは、一匹の犬がブリキ缶のなにかを舐めており、鼻づらでそれを転がしながら凍った舗道にうるさい音をたてていた。早くもカラスたちがお出ましになって、斜めに飛んで歩きながら、世の中に多かれ少なかれ異議があるのか、「カア」と短いしゃがれ声を出したり、よく伸びる声で「カァァァァー」と流暢に啼いたりしていた。なかの一羽はピザの箱を片脚で踏んで引き裂き、中身をうさん臭げにつついて食べ残しをひと切れ嘴にくわえると、羽根をバサリとやってたちまち飛び去っていった。ほかにも何羽かが羽根をぴしっとたたんで地面やあたりを颯爽と検分してまわっており、なんだか、両手を後ろに組んで町を歩きまわるしゅっとした若い助祭を思わせた。

アイリーンはまだすやすや眠っており、その姿をしばし眺めていると、妻を求める気持ちがこみあげ、ファーロングの視線は彼女のむきだしの肩から、眠りながらひらいた掌、枕カバーに波打つ煤のように真っ黒な髪の毛へと移っていった。このままここにいて、アイリーンに手を伸ばして触れたいという思いは根深かったが、彼は椅子に置いたシャツとズボンを手にとると、妻を起こさないよう暗いなかで身支度をした。

階下へ降りていく前に、キャスリーンのようすを見にいくと、きのう歯を抜かれた彼女はまだ眠っていた。その隣のジョーンはもぞもぞと目覚めかけており、寝返りを打つと、小さな息を漏らした。むこうのベッドでは、ロレッタがもうぱっちりと目を覚ましていた。姿はよく見えなくても、薄暗がりで目がらんらんと輝いているのがわかる。

「だいじょうぶかい、ロレッタ？」ファーロングは声をひそめて尋ねた。

「うん、父さん」

「もう出かける時間なんだ。ゆっくりしていられない」

「行かないとだめ？」

「半時間でもどってくるよ。もう少し寝なさい」

台所では、お湯も沸かさずお茶も淹れず、ひと切れのパンにバターを塗って、皿にも載せずに食べ、ヤードへと出かけていった。

おもてに出ると、霜のおりた道は滑りやすく、深靴で歩道を歩くといつになく大きな音がした。日曜の早朝のせいだろう。ヤードの門に着くと、南京錠に霜が凝っており、ファーロングは生きているだけでしんどいと思い、ベッドであのまま寝ていたかったと心で嘆いたが、なんとかへこたれずに明かりの灯った近隣の家に向かった。

ドアをそっとノックすると、出てきたのはおかみさんではなく、若めの女性だった。丈の長い寝巻を着てショールを巻いていた。髪の毛は茶色でも赤でもなく、シナモン色で、腰にかかりそうな長さがあり、裸足だった。彼女の背後では、ガスレンジに火が燃えて、薬缶やソース鍋がかかっていた。見覚えのある幼子が三人、塗り絵と干しぶどうの袋を前に、食卓をかこんでいた。部屋から馴染みのある芳ばしい匂いが漂ってきたが、なんの匂いなのかわからないし、思いだせなかった。

「邪魔してすまんね」ファーロングは言った。「通りむこうのヤードまで行って入ろうとしたら、南京錠が凍っちまってて」

「べつに邪魔じゃないし」彼女は答えた。「薬缶がほしいの？」

言葉には西部地方のアクセントがあった。

「そう《アイ》」ファーロングは答えた。「かまわないかな」

女が髪の毛を肩の後ろにはらうと、寝間着の木綿地の下に、むきだしのバストの形が——見たくもないのに——見えてしまった。

「薬缶は火にかけてあるから。ほら」と、女は手を伸ばした。「持ってってって」

「でも、お茶を淹れるのに要るだろう」

「持ってっていいったら」女は言った。「水を乞われて拒む者にツキはなしって言うじゃない」

南京錠がはずれると、ファーロングはさっきの家にとって返し、ノックをしてそっと呼びかけた後、「どうぞ」の声に応えてドアを押し開けた。食卓にはキャンドルが灯され、女は子どもたちのウィータビックス（イギリスの代表的なシリアル）のボウルに温めた牛乳を注いでいるところだった。

その質素な部屋の平穏に包まれて、ファーロングはいっとき心の一部が彷徨《さまよ》いでるにまかせ、ここに暮らす自分を思い描いた。この女を妻として。最近、ここではない何処かで過ごす、べつな人生を夢想することが時々あった。これはだれかの血なんじゃないか。突如船に乗ってイングランドへ渡ってしまった実の父の血なのでは？　人生のじつに多くの部分が偶然に左右されるというのは、真っ当でもあり、深く不公平でもあることよ。

「なんとかなった？」女は薬缶を受けとりながら訊いてきた。

「アイ」ファーロングは受け渡し時に女の手の冷たさを感じながら答えた。

「本当に助かったよ」

「お茶、飲んでく？」

「願ってもないが、仕事があるんでね」と、ファーロングは答えた。

「沸かしなおすのなんてすぐだよ」

「すでに後れをとっているからなあ。あとで薪をひと袋、若いもんに届けさせよう」

「そんなの、いいって」

「ハッピー・クリスマス」ファーロングは言って踵《きびす》を返した。

「おっちゃんもね」と、女は後ろから呼びかけてきた。


ヤードのゲートが閉まらないようにブロックで押さえたところで、ファーロングは我に返り、次の段取りを考えはじめた。ローリーが動くか心配だったが、キーを差してまわすと、エンジンがすんなりかかったので、ふーっと息をついた。こんなに息をつめていたことにも気づいていなかった。エンジンをかけっぱなしにしたまま、車を降りる。ゆうべ品物の確認を行い、注文票と照らしあわせてあったが、気づけばまた確認していた。ヤード内にも目を配り、きちんと掃きそうじがされているか確かめ、秤《はかり》に目をやり、置き忘れの品がないか確かめる。きのうヤードの戸締りをする前にしっかりチェックしたのは覚えていたのに。プレハブ事務所にもとくに用はなかったが、ドアを開けて電気を点け、ひとつひとつ見ていった。書類の山、電話帳やフォルダー、配達品の荷札、伝票差しに刺した請求書の控え。向かいの家に薪をひと袋差し入れてくれという申し送りを書いているところで、電話が鳴った。出ずにいるとじきに呼びだし音はやんだが、もう一度鳴りださないかようすを見た。申し送りを書き終えると、ファーロングは事務所を出てドアに鍵をかけた。

修道女会の建物に近づいていくと、車のヘッドライトが建物の窓に反射し、まるで自分と出会っているような気分になった。なるべく静かに正面玄関を行きすぎてから、バックで横手にまわり、奥の石炭小屋の前に車をつけた。眠気を覚えながらローリーを降り、イチイや低木の垣根、聖母マリア像の納められた洞穴《グロット》――マリア像は足下の献花が造花なのでがっかりしたというように目を伏せていた――や、点々ときらめく霜を眺めやった。高い窓に光が反射しているのだった。

ここはいつもこんなに静かなのに、どうして安らげないんだろう？　夜はまだ明けきっておらず、川を見やると、その暗いおもては街灯と同じだけの光を映してきらめいていた。たいていのものはあまり近寄らないほうが、実物より良く見えるものだ。自分はどちらのほうが好きなんだろう。町そのものの光景と、水面に映った影と。どこからか、歌声が聞こえた。「神の御子は今宵しも」。きっと隣にある聖マーガレット学院の寄宿生たちだろう。いや、待てよ、女子学生たちは休暇で帰省しているのでは？　もうあさってはクリスマスイヴなんだから。だったら、訓練学校の女の子たちだな。それとも尼さんたち自身が朝のミサの前に練習でもしているのか？　しばらくファーロングは耳を澄まし、町のほうを眺めていた。煙突から煙が立ちのぼりだし、空の星たちは小さく薄れつつあった。そうしている間にも、ひときわ明るく輝いていた星の一つが、黒板にチョークの跡をつけるように条《すじ》を描いてすぐに消えた。もうひとつ、まるで燃え尽きたようにゆっくり消えていく星があった。

ローリーの荷台の後尾板をさげて積み荷を出し、いざ石炭小屋の扉を開けようとすると、またもや閂《かんぬき》に霜が凝っており、おれは開かないドアの前に備え付けの人員にでもなったんかい、と自分に突っ込んでしまった。自分はあっちでもこっちでも扉が開くまでしおらしく待つような人生は送ってこなかったというのに。力まかせに閂を引いたとたん、中でなにかの気配を感じたが、これまでにも石炭小屋ではよく犬を見かけていた。まともな寝床も与えられない犬たちだ。

小屋の中が暗くて見えないので、懐中電灯をとりにローリーに戻るしかなかった。明かりで照らしてみると、床に置かれたものの状況から、その娘がこの小屋にいるのはひと晩どころではないのが見てとれた。

「うわっ《クライスト》」ファーロングは思わず口にした。

思いついたのは、コートを脱ぐことだけだった。コートを脱いでそれを掛けてやると、娘はすくみあがった。

「怖がらないで」ファーロングは声をかけた。「石炭を届けにきただけなんだ、リャーヌフ」

そこでなにも考えず再び懐中電灯で床を照らすと、その娘が排泄したものが浮かびあがった。

「神のご慈愛を」ファーロングは思わず言った。「ここを出よう」

手を貸して小屋から出すと、ようやく眼前にいる人の姿が見えた。娘は立っているのがやっとで、髪の毛も雑に切られていた。ふつうであれば、近寄りたくない相手だろう。

「だいじょうぶだ。わたしにもたれなさい」

娘は近づいてほしくなさそうだったが、どうにかローリーまで連れていくと、温まったボンネットにもたれかかり、町の明かりと暗い川を見おろしてから、ふと空の彼方を見あげた。ファーロングがさっきやったように。

「外、出れた」しばらくのち、娘はやっとのことでそう言った。

「アイ」

ファーロングはコートの前をしっかり合わせてやったが、こんどは嫌そうにはしなかった。

「いま、夜それとも昼?」

「朝早くだ」ファーロングは答えた。「じきに明るくなる」

「じゃ、あれがバロー川?」

「アイ」ファーロングは言った。「鮭がのぼってきてる。水嵩が増してる」

一瞬、ガチョウに追い立てられた日に会ったあの娘だろうかと考えたが、違う子のようだ。足下を照らすと、石炭で真っ黒に汚れ、伸びきった足の爪が見え、ファーロングは電灯のスウィッチを切った。

「どうしてあんなところに置き去りに?」

娘はなにも答えなかったが、その気持ちはファーロングにもわからないではなかった。慰めの言葉をひねり出そうとしたが、なにも出てこなかった。木々の葉を凍らせていた霜が溶けて道路に雫が落ちはじめるぐらいの時間が経ち、ファーロングはようやく意を決して、その娘を修道女会の正面玄関までつれていった。なにをやっているんだという自分の声が聞こえても、ひるまずに進んだ。それが自分のいつものやり方だ。とはいえ、呼び鈴を鳴らすときには体がこわばり、館内に響く呼び鈴の音に肝をひやしている自分に気づいた。

まもなくドアがひらいて、若い修道女が顔を出した。

「えっ！」修道女は短く叫ぶと、たちまちドアを閉めてしまった。

傍らに立つ娘はなにも言わず、ただドアを凝視していた。眼差しでドアに穴でも開けようというかのように。

「いったいここはどうなっているんだ？」ファーロングは言った。

こんども娘が黙りこくっているので、ファーロングはまた必死で言葉を探す空しい努力をした。

ふたりは寒いなか、玄関の石段にしばらく棒立ちになっていた。自分がこの子をなんとかしてやることもできるだろう。司祭の家に引き渡すなり、自分の家に連れていくなりして。ファーロングは考えてみたが、相手はこんなにも小さく、心を閉ざした存在……。ふつうに考えれば、ここに置いてさっさと家に帰ろうとするだろう。

なのに、彼の手はふたたび伸びて呼び鈴を鳴らした。

「あたしの赤ちゃんのこと訊いてくれない？」

「なんだって？」

「きっと腹ぺこだよ」娘はそう言った。「いまって、だれが坊やにお乳をあげてる？」

「あんた、子どもがいるのか？」

「まだ三か月半なんだ。あの人たちに取りあげられたんだけど、中にいるならお乳をあげさせてくれないかな。どこにいるんだろ」

どうすべきかファーロングが新たに考えはじめたところで、修道院長《マザースーペリア》——礼拝堂で見るだけで接したことはほとんどない背の高い女性——がドアを大きく開けた。

「ファーロングさん」修道院長は微笑みながら言った。「日曜日のこんな朝早くにお時間をとって訪ねてくださるなんて、ご親切に」

「マザー、朝早いのは承知しとります」

「とんだお目汚しで失礼いたしました」院長はそう言って娘に目を向けた。

「一体どこにいたの？」声音が変わった。「自分のベッドにいないのをついさっき見つけて、ガルディー（アイルランド共和国の国家警察）に連絡するところでしたよ」

「この娘は小屋にひと晩じゅう閉じこめられていたんですよ」ファーロングは言った。「なにがあったか知りませんが」

「おまえに神のご慈愛を。さあ、中に入って階上《うえ》で熱いお湯に入りなさい。死んでしまいますよ。この哀れな子はときどき昼も夜もわからなくなってしまうんです。どうやって面倒見たものやら」

娘は一種のトランス状態のようで、体が震えだしていた。

「中にお入りください」院長はファーロングに言った。「お茶を淹れましょう。

まったく因果な仕事ですよ」

「あー、わたしはけっこうです」ファーロングは後ずさった。まるでそうすれば、さっきまでの時間に戻れるかのように。

「お入りください」修道院長は食いさがった。「お入り頂かないわけにはいきません」

「急ぎますので、マザー。一度家に帰って、ミサのために着替えないと」

「だったら、時間が許すかぎり寄っておいきなさい。まだ朝早いんですから――今日のミサは一度だけではありませんし」

気づけばファーロングはキャップを脱いで、言われた通り院長の後をついていっていた。娘に手を貸しながら廊下を通り、裏手の厨房に入ると、そこでは若い女性が二人、シンクでカブの皮をむき、キャベツを丸ごと洗っていた。さっきドアを開けた若い修道女が黒い巨大なキッチンレンジの脇に立ってなにかかき混ぜながら、薬缶を火にかけた。室内はなにもかもが染み一つなくぴかぴかに磨きあげられていた。壁に掛けられた鍋のおもてに自分の姿が映っているのを、ファーロングは通りがかりに目にした。

院長は一切足を止めずに、タイル敷きの廊下へ進んでいった。

「こちらです」

「床に足跡をつけちまってますが」ファーロングは思わず言った。

「お気になさらず」院長は言った。「泥《マック》あるところに運《ラック》ありと申します」

院長に案内されたのは、広々とした立派な一室で、くべたばかりの火が鋳物の暖炉にあかあかと燃えていた。細長いテーブルには雪のように白いクロスが掛けられ、そこを何脚もの椅子が囲み、マホガニー材のガラス張りのサイドボードがあった。マントルピースの上には、ヨハネ・パウロ二世の肖像画が掛けられていた。

「暖炉のそばに掛けて、温まっておいでなさい」院長はファーロングのコートを架台に掛けながら言った。「わたしはこの子の面倒をみて、お茶を淹れさせてきます」

院長が出ていってドアが閉まったとたん、それと入れ違いにあの若い修道女が盆を捧げて入ってきた。両手が震えており、スプーンをとり落とした。

「お客さんの予定があるようだね」ファーロングは言った。

「ほかのお客さんということですか？」彼女は警戒した顔つきになった。

「諺《ことわざ》だよ」ファーロングは説明した。「スプーンが落ちたときに言う」

「はあ」修道女は言って、ファーロングの顔を見た。

彼女はせいいっぱい平静をたもって、ソーサーとカップを置いたものの、フルーツケーキの缶の蓋を開けるのに手こずり、ナイフでケーキをひと切れ薄切りにしてあたふたと取りだした。

修道女会長はもどってくるとゆっくり炉辺に寄り、トングで若い火を掻きたて、火つけに使った泥炭《ソッド》を手早くかき集め、そのまわりにファーロング店の最上の石炭を容器《スカットル》から新たにひと塊追加してから、おもむろに向かいの肘掛け椅子に腰かけた。

「さて、ご家庭のほうは順調ですか、ビリー？」院長はそう切りだした。

その瞳は青でも灰色でもなく、その中間の色みだった。

「おかげさまで順調です、マザー」

「それで、娘さんたちは？　お元気ですか？　姉妹のうちお二人はここで音楽のおけいこをされ、なかなか上達しているとか。ほかにもお二人、隣の学院におられるんでしたね」

「はい、ありがたいことに、つつがなくやっとります」

「お一人は聖歌隊に入られたようですね。よく融けこんでいますよ」

「娘たちはみんなよくやっとるようです」

「時が来れば、下のお三方も隣の学院に通われることになるでしょう。神の思し召しあらば」

「はい、マザー、神の思し召しあらば」

「最近は志願者がたいそう多くて。全員が籍を得るのはたやすいことではありません」

「そうでしょうとも」

「おたくは五人でしたか、それとも六人？」

「五人です、マザー」

そこで院長は立ちあがり、ティーポットの蓋をとって茶葉をかき混ぜた。

「五人いらっしゃるとしても、残念でしたでしょう」

院長はファーロングに背を向けたまま言った。

「残念と言いますと?」ファーロングは聞き返した。「なんのお話でしょう?」

「家名を継ぐ坊やがいないのですから」

事業のことを言っているのだ。しかしファーロングはこういう話題には慣れっこだったので、あしらい方は心得ていた。彼は脚を少し伸ばし、よく磨かれた真鍮の炉格子に足先をふれさせた。

「そのことですか。わたし自身、母親の姓を継いでおります、マザー。そのことで困ったことはありません」

「そうですか?」

「女の子のなにがいけないのでしょう?」ファーロングはつづけた。「わたしの母もかつては女児でした。お言葉ではありますが、院長にもそれは当てはまるでしょう。人間の半分に当てはまります」

しばしの沈黙があり、院長は気を殺《そ》がれて話題を変えるかと思いきや、そんなようすはなかった。そのときドアがひらいて、あの小屋にいた娘が引き入れられた。ブラウスにカーディガンを着て、プリーツスカートを穿き、足にはきちんと靴を履いており、髪の毛も雑ながら梳《と》かしつけられていた。

「早かったね」ファーロングは腰を浮かした。「気分は良くなったかい？」

「ここにお座りなさい」院長は娘のために椅子を引いてやった。「お茶とケーキをおあがり。温まりますよ」院長はうれしげにティーポットを手にとると、娘に紅茶を注いでやり、ミルクピッチャーと砂糖入れを手の届くところまで押してやった。

娘は着席すると、ケーキから果物だけぎごちなくつまみだして食べ、残りは熱い紅茶で飲みくだしにかかったが、カップをソーサーにもどすのにやたら手間どった。

しばらく院長は昨今のニュースやどうでもいい話題をだらだらと話していたが、そのうち向きなおって娘にこう言った。

「どうして石炭小屋にいたのか話してもらえますか？　話してくれさえすればいいのです。なにも問題は起こしていないのですから」

椅子に座る娘の体がこわばった。

「だれに入れられたのですか？」

娘は怯えた目であたりを見まわした。その視線は一瞬ファーロングをとらえたが、すぐにテーブルと、皿の上の食べ残しに向けられた。

「あたしのこと、隠したんです、マザー」

「隠すって、どうしてです？」

「ただの遊びです」

「遊びというと？　どんな遊びです？　話してもらえますか？」

「ただの遊びです、マザー」

「なんです、かくれんぼうですか。まったく、いい年をして。かくれんぼうが終わってもあなたを小屋から出すのを忘れていたということですか？」

娘は目をそむけ、この世のものとは思われない嗚咽を漏らした。

「こんどはどうしたんです？　ちょっとしたヘマじゃありませんか？　大したことじゃないでしょう？」

「はい、マザー」

「言ってごらんなさい」

「大したことじゃありません、マザー」

「ちょっと怖い思いをしたというだけのことです。いまのあなたに必要なのは、朝食をとってぐっすりたっぷり眠ることですよ」

修道院長が若い修道女のほうを見ると、ずっと彫像のように脇に控えていた修道女はうなずいた。

「この子のためにありあわせのものを炒めてやりなさい。厨房につれていって、お腹いっぱい食べさせること。それから今日一日はのんびりさせてやるように」

ファーロングの見ている前で、娘は部屋から連れていかれた。院長がもう自分を帰らせたがっているのは感じたが、さっきまでの帰りたい気持ちは消えて、代わりにテコでも動かず居座ってやろうというへそ曲がりな衝動が湧いてきた。すでに外は明るくなってきていた。じきに一回目のミサの鐘が鳴り響くだろう。ファーロングは新たに湧いてきたこの妙な力に奮い立ち、立ちあがらずにいた。だって、女ばかりのこの場で男は自分一人じゃないか。

目の前にいる女とその身なりを見てみれば、きれいにアイロンの掛かった修道服に、よく磨かれた靴を履いている。

「とうとう今年もじきにクリスマスですね」ファーロングは雑談を始めた。

「まったく、早いものです」

この修道院長には恐れ入る。つねに頭は冷静だ。

「雪の予報をお聞きになったでしょう」

「ホワイトクリスマスになるかもしれませんね——けど、そのほうがおたくは儲かるのでは」

「年中忙しくさせてもらってます」ファーロングは言った。「文句は申せませせん」

「お茶はもうよろしいですか、それとも、もう一杯？」

「せっかくですから、あるだけ頂きます」と言ってファーロングはカップを差しだした。

紅茶を注ぐ手はびくともしない。

「おたくの船乗りたちは今週町に着きましたの？」

「あれはうちが雇ってる船員じゃありません。波止場に積み荷を下ろしてもらっただけですよ、アイ」

「外国人を入れることに抵抗はないんですね」

「だれしもどこかで生まれたわけでしょう」ファーロングは言った。「キリストだってベツレヘムでお生まれになったじゃありませんか」

「わたしなら、主とその民を比べることはいたしません」

院長は、もうたくさんという顔つきだった。片手をポケットの奥深くに入れると、封筒をとりだした。「今回の請求書は追って発行していただくとして、これはクリスマスに、気持ちばかりですが」

受けとるのは気が進まなかったものの、ファーロングは手を差し伸べた。

院長に厨房まで導かれていくと、さっきの若い修道女がフライパンにアヒルの卵を割り入れており、その横には丸いブラックプディング（豚の血にオーツ麦やハーブ、スパイス類と豚の脂肪分を混ぜ合わせたソーセージ）がふた切れあった。小屋にいた娘は茫然とした態でテーブルについていたが、その前にはなにも置かれていなかった。

客人はそのまま通り過ぎると院長たちは思っていたのだろうが、ファーロングは娘のそばで立ち止まった。

「わたしに力になれることはあるかい、リャーヌフ？」ファーロングは尋ねた。

「話してくれるだけでいい」

娘は窓のほうを見てため息をついたかと思うと、泣きだした。どんな親切にも不慣れな者が初めて、あるいは久方ぶりに優しさに出会ったというような泣き方だった。

「名前を教えてもらえないか？」

娘は修道女のほうをちらっと見た。「ここではエンダって呼ばれてる」

「エンダ？」ファーロングは言った。「それは男の子の名前じゃないか？」

娘は答えられる状況にはなかった。

「だったら、本名はなんていうんだい？」ファーロングはやさしく尋ねた。

「セァラ」娘は答えた。「セァラ・レドモンド」

「セァラか」ファーロングは言った。「わたしの母の名前と同じだ。で、生まれはどこ？」

「うちはもともとクロネゴル（カーロウ県南東の村。ニューロスとは五十キロほど離れている）のむこうの方で」

「そりゃ、キルダビンのまだ先じゃないか」ファーロングは言った。「ここまでどうやって来たんだ？」

料理をしていた若い修道女が咳払いをして、フライパンを乱暴に揺すったので、娘にこれ以上しゃべらせないつもりだなとファーロングは察した。

「うん、まだ動揺してるよな。無理もない。ところで、わたしはビル・ファーロングというんだ。波止場の近くの石炭販売店で働いてる。なにかあったら、店においで。だれか使いをよこすのでもいい。日曜以外はヤードにいるからね」

修道女は卵とブラックプディングをひとつの皿に載せると、大きな容器からすくったマーガリンをトーストにガリガリと音をたてて塗りつけた。

これ以上はなにも言うまい。ファーロングは建物を出てドアを閉めると、玄関の石段に佇《たたず》んだ。すぐさま中でだれかが鍵をまわす音が聞こえてきた。

第六章

「初回のミサを逃しちゃったわね」家に着くなり、アイリーンが言った。

「いや、修道女会に配達に行ったじゃないか。そしたら、どうしてもお茶を飲んでいけって引き留められてな」

「まあ、クリスマスですからね」アイリーンは言った。「それが礼儀ってものでしょう」

ファーロングはなにも答えなかった。

「なにをごちそうになったんですか？」

「お茶だよ。あと、ケーキ。それだけだ」ファーロングは答えた。

「けど、ほかにもなにかくれたんじゃありません？」

「というと？」

「クリスマスの心づけですよ。あそこがなにも寄越さずに年を越すわけないもの」

ファーロングは封筒のことはしばし忘れていた。

渡された封筒をアイリーンが開けてカードをとりだすと、五十ポンド紙幣が膝に舞い落ちた。

「あら、ご親切に」アイリーンは言った。「肉屋さんのツケを払ってもお釣りがくる。午前中のうちに七面鳥とハムを引きとってきましょう」

「見せてくれ」

カードには青空を背景に、天使とロバに乗った聖母マリアと嬰児《みどりご》が描かれており、そのロバを養父ヨゼフが牽いていた。ファーロングはカードの裏を返して、「エジプトへの逃避」（夢で告知を受けたヨセフはヘロデ王の嬰児虐殺を避けて、マリアとイエスをつれてエジプトに逃れた）と声に出して読んだ。カードをひらくと、あわただしげな筆跡でこう書かれていた。

「アイリーン、ビル、そして娘さんたちへ。あなた方と大切な人たちに多くの幸がめぐってきますように」

「お礼は申しあげたでしょうね」アイリーンが言った。

「当然じゃないか？」ファーロングは空の封筒をねじって、石炭入れ《スカットル》に投げこんだ。

「どうかしたの？」アイリーンは夫の手からカードをとると、マントルピースにあれこれ飾られた置物の横に立てかけた。

「べつにどうもしないよ」ファーロングは答えた。「なんだ、急に？」

「だったら、早くその服は脱いで着替えを――でないと、二回目のミサにも遅れてしまうでしょ」

ファーロングは裏手のトイレに行くと、洗面台で石鹸を手にとり、泡立てながらゆっくりと両手を洗い、つぎに洗顔をしてひげ剃りにかかり、カミソリを各所にしっかり当てたので、首には軽く剃り傷がついた。鏡のなかの自分の目、髪の毛の分け目、眉毛をまじまじと見た。眉毛はこないだ鏡を見たときより密に生えているように見えた。爪もできるだけ入念にこすり洗いし、爪の下に入りこんだ黒い汚れをかきだそうとした。着替えるときはまた新たに出渋る気持ちが湧いてきたが、教会用の晴れ着を着て、アイリーンと娘たちと礼拝堂に向かった。歩道の坂がところどころ、やけに急で滑りやすいように感じた。

「あなたたち、献金のための小銭はある？」礼拝堂の地所に入るところで、アイリーンがにっこりしながら娘たちに尋ねた。「それとも、父さんがもう渡してくれたかな？」

「そんなみっともない話を往来でするな」ファーロングが声を尖らせた。「一日ぶんのお金ぐらいその財布に入っているだろう？」

アイリーンの顔から微笑みが失せ、唖然としたような表情が広がった。ゆっくりと財布をとりだすと、十ペンス硬貨を娘たち一人一人に手渡した。

礼拝堂のポーチに着くと、一家はみんな大理石の洗礼盤に指を浸し、水面にさざ波を立てて自らを清めてから、二重扉を通って堂内に入っていった。ファーロングは家族が中央通路を歩いていくのをよそにドアの近くに佇み、ただ眺めていた。娘たちは教えられたとおり、よどみなく片膝をついて十字を切ると（敬意を示すカトリック式の拝礼）、会衆席のなかにすんなりと入っていった。ジョーンだけは聖壇のある前の方まで進んでいき、聖歌隊が着席する前で片膝をついて十字を切ってから、両膝をついて跪いた。

ヘッドスカーフを巻いた女性たちが、親指で数珠を繰りながらロザリオの祈りを小声で唱えていた。大農園の一家や事業家たちが上等なウールとツイードの晴れ着をまとって、石鹸や香水の香りをふわりと漂わせながら悠々と通り過ぎ、前方までいくと、膝つき台を手前にひらいた。

年かさの男たちは縁なし帽をとって手早く十字を切っただけで、すっと会衆席に入っていく。新婚ほやほやのある若い男は顔をほてらせながら新妻を伴い、礼拝堂の真ん中あたりに席をとった。通路の端っこには、噂話のためのいいカモはいないかと鵜の目鷹の目のゴシップ好きがたまっていた。上着を新調した者、髪型を変えた者、足を引きずっている者など、ふだんとようすが違う者はいないか。獣医のドハーティが腕を吊って現れると、人びとは肘でつつきあい囁きあったが、三つ子を産んだ女性郵便局長が緑色のベルベットの帽子をかぶって通りすぎると、輪をかけてざわついた。小さな子どもたちは退屈しのぎに家の鍵や、おしゃぶりを与えられていた。ある赤ん坊はヒックヒックとしゃくりあげ、母の手からもがき出ようとしながら外につれだされていった。外のポーチから煙草の煙と短い笑い声がときどき漂ってきた。男たちのなかには、ミサの始業の鐘が鳴るまで外にいたがる者たちもいた。

まもなく、音楽のけいこを担当しているシスター・カーメルがオルガンの前に着席して弾きはじめた。そうとうの高齢者や身体の不自由な信徒をのぞく全員が立ちあがるなか、侍者役の少年たちが教区の司祭を先導してあらわれた。司祭の後ろではやんごとなき紫のローブが優美に足下に広がっていた。

司祭は会衆に背を向けた格好でゆっくりと片膝をついて十字を切ると、聖壇の定位置におさまった。両腕を大きく広げながら話しだす。

「父と子と聖霊の御名において。主イエス・キリストの恵みと、神の愛と、聖霊の交わりが、あなたがた一同と共にあるように」

「そしてあなたにも」と、会衆は応えた。

その日のミサはファーロングには長く感じられた。身が入らず、司祭の説教を上の空で聴きながら、窓のステンドグラスから朝の陽が射してくるのを見つめた。説教の間中、彼の目は「十字架の道行き」（イエスへの死刑宣告から受難を経て埋葬され復活するまでを表す連続した十五の絵または彫刻）を追っていた。イエスが十字架を担ぎあげる絵と倒れる絵、自らの母、エルサレムの女性たちに会う絵、さらに二度も倒れこむ絵、そして衣服をはぎとられる絵、十字架に釘打たれる絵、死にゆく絵、墓の中に横たえられる絵。ファーロングは聖別が済み、会衆が聖壇へ参じて聖体を拝領する時間になっても、それに従わず、最初に陣取った場所で壁を背にしたまま動かなかった。


その日曜日、家に帰って、ラムチョップのカリフラワーと玉ねぎのソース掛けをみんなでいただくと、ファーロングはクリスマスツリーを据えつけ、それからレイバーンの火加減を見守りながら、娘たちがツリーにライトを巻きつけたり、飾りを下げたり、写真立ての後ろやドレッサーの上に赤い実をつけたヒイラギの枝を飾ったりするのを眺めていた。娘たちが糸の切れてしまった小さな飾りを手渡してくると、糸を通しなおしてやる。なんだかご隠居にでもなった気分がしないでもない。ツリーが飾りでいっぱいになり、コンセントを差して明かりを点すと、グレイスがアコーディオンを手にして、「ジングルベル」を演奏しようとした。シーラはテレビをつけ、セティー（ソファー）に寝転がって「生きとし生ける大なるものも小なるものも」（イギリスのテレビドラマ）を見はじめた。ファーロングはアイリーンも座ってくれればいいのにと思ったが、彼女は洗い物が済むや、小麦粉とデルフトのボウルをとりだし、さあ、ミンスパイを作って、ケーキをアイシングしますよと呼びかけた。キャスリーンが生地を作ってそれを伸ばした。つぎにロレッタがタンブラーを逆さにして生地を丸くくり抜き、その横で、アイリーンとジョーンが卵の黄身と白身を分け、白身を泡立て、アイシングに使う粉砂糖を篩にかけた。クリスマスケーキはすでにマジパンの飾りを載せられていたので、そっと持ちあげて銀のボードに置いたところで、シーラが自分にもアコーディオンを弾かせろと、グレイスと喧嘩を始めた。

ファーロングは立ちあがり、小屋から無煙炭を取ってきて石炭容れ《スカットル》に補充し、薪も少し運び入れると、床ブラシを手にして掃きそうじを始めた。

「それ、いまやる必要あります？」アイリーンが言った。「わたしたち、ケーキのアイシングをするところなんだけど」

ファーロングが床の埃《ほこり》や塵やヒイラギの葉やマツの針葉などを集めて、レイバーンにくべると、火が勢いよく燃えあがり、パチパチと力強い音をたてた。なんだか部屋が急に狭苦しくなった気がした。つまらない絵柄が延々とつづく壁紙が目の前に迫ってくる。ここから脱出したいという衝動に襲われ、若い頃の服を着てどこかの暗い牧草地をどこまでも独りで歩いていく自分を思い浮かべた。

夕方六時になってアンジェラスの鐘がテレビから鳴り響き、つづいてニュースが流れる頃には、何ダースものミンスパイが金網台に載せられて、熱を冷まされ、クリスマスケーキには粉砂糖が振りかけられ、小さなプラスチックのサンタが膝までアイシングに埋もれながらトナカイたちに囲まれていた。ファーロングは天気予報を聞いて窓の外を見やり、明かりの点った街灯を目にしたとたん、居ても立ってもいられなくなった。

「ちょっとネッドのところに行ってくるかな」彼はそう言いだした。「いま行かないと、行く暇がなくなっちまうから」

「どうしたの、藪から棒に？」

「どうもしないさ、アイリーン」ファーロングはため息をついた。「だって、あの男の具合が良くないと言ってたじゃないか？」

「だったら、これを持っていって」アイリーンはミンスパイを六つほどハトロン紙に包んで渡した。「あと、クリスマスの休暇中にうちにも寄ってくださいって」

「伝えるとも」

「都合がよければ、クリスマス当日の食事《ディナー》にぜひどうぞって」

「かまわないのか？」

「うちはいつでも満杯でしょ？　一人増えたってなんでもありませんよ」

ある種ほっとしながらファーロングはコートを着こむと、ヤードに向かった。おもてに出て、川を見ながら外の空気を吸うのは、なんてすがすがしいんだろう。波止場近くの水面には、まぶしいほど真っ白で大きなカモメたちが群れをなして浮かんでいて、何羽かファーロングのすぐ横をかすめ飛んでいったりした。おそらく、閉鎖した造船所をむなしく漁るつもりなのだろう。ファーロングは頭のどこかで、いまが月曜日の午前中ならいいのにと思っていた。目の前のことに集中してローリーを走らせ、ふだんの週日のルーティンに没頭できたらいいのに。日曜日というのは、やけに擦り切れて剝きだしの感じがする。どうして自分はほかの男たちみたいにくつろいで日曜を楽しめないんだろう？ミサのあとにはビールを一、二杯ひっかけて、食事《ディナー》の皿を平らげたら、炉辺で新聞を読みながら眠りこければいいじゃないか？

ずいぶん前のある日曜日、まだウィルソン夫人が生きているころ、夫人の家を訪れたことがあった。結婚してそう経たない時分で、まだキャスリーンは乳母車に乗っていた。天気のいい日曜日には、食後、自転車にまたがってだれかを訪ねるのがファーロングの習慣だった。ところが、その午後訪ねてみるとウィルソン夫人は留守で、ネッドが台所で火にあたりながら、スタウトの瓶を前に煙草を吸っていた。

ネッドはいつものように彼を喜んで招じ入れ、幼子のファーロングがこの家につれてこられた当時の思い出話をさっそく始めた。ウィルソンさんはバスケットに寝かされた幼子のようすを見に毎日いったものだよ。「あの人は後悔なんかこれっぽっちもしてなかった」ネッドはそう言った。「あんたについて安っぽいことを言ったり、あんたの母ちゃんの弱みにつけこんだりすることもなかった。給金は安かったが、おれらはこんなりっぱな屋根の下で暮らして、腹ぺこのまま床についたこともなかったじゃないか。いまも小さな部屋ひとつしかないが、部屋に帰れば、マッチ箱ひとつまで、あるべき場所にぴしっと納まっているんだ。分相応の部屋だよ――それに、夜中に目が覚めて腹を満たしたければ、食い物だってある。そんなふうに言えるやつがどれだけいる？

でも、おれは一度、ひどいことをやった。いや、一度どころじゃない。あんたはまだよちよち歩きのころだったけど、その頃ここにはもうひとり雇われ人の男がいたんだ。毎朝、おれと一緒に牛の乳しぼりをしてた。そいつはロバを飼っててな、干し草がなくなるとロバが腹をすかせるだろう、それでやつはおれに、日の入りのころ裏道の突き当りで落ちあって、干し草をひと袋まわしてもらえないかって頼んできた。厳しい冬で、覚えてるかぎりじゃ最悪の部類だ。おれはわかったと言って、毎日夕方になると麻袋に干し草を詰めて、裏道の突き当り近くでやつと落ちあった。暗くなる頃に、あのシャクナゲの茂みがあるあたりでな。けっこうな期間、そうやって過ごしていたが、ある晩、裏道を歩いていると、なんだか人間じゃないような、両手のないおぞましいものが、道ばたのドブから出てきて、おれの行く手をふさいだんだ――それ以来、ウィルソンさんの干し草をちょろまかすのはやめにした。いまでもあの件はすごく申し訳なく思ってる。このことは神父さんに告白したほかは、だれにも話したことがない」

その夜、ファーロングはスタウトの小瓶を二本空けて遅くまでねばり、とうとう、おれの親父がだれだか知りませんかとネッドに尋ねてしまった。ネッドによれば、彼の母は決して口を割らなかったが、ファーロングが生まれる前のその夏、この家にはたくさんの来客があったという。ウィルソン家の親戚やその友人たちがイングランドから大勢やってきた。見栄えのいい連中が。みんなで船を借り切って、バロー川の鮭釣りに出かけた。あんたの母ちゃんがだれの腕に落ちたかなんて、わかるわけがない。

「神のみぞ知る、だ」ネッドは言った。「けど、結果オーライじゃないか？　あんたはここで好いスタートを切ったし、いまも順調にやってるじゃないか」

ファーロングが引きあげる前に、ネッドはお茶を淹れてくれ、ふとコンサーティーナ（アコーディオンの一種）をとりあげると、何曲か弾いてから、今度は楽器をおき、目を閉じて、「いがぐり坊主（アイルランド民謡。一七八九年フランス革命に賛同して頭をそったアイルランドの「断髪党員」も指す）」を歌いだした。その歌とネッドの歌い方を聴いていると、なぜかファーロングはうなじの毛が逆立ち、帰る前にもう一度歌ってくれないかと頼まずにはいられなかった。

いま、大通りを車で走るファーロングの目には、立ち並ぶ樫の老木やライムの木々がやけに殺伐としてそびえ立つように見える。ミヤマガラスが自分たちでこしらえた巣にこもる姿をヘッドライトが照らしだし、目的の家を目にすると、心のどこかがなにかに引っかかって裏返しになる気がした。ペンキを塗りなおしたばかりの家屋、玄関側のどの部屋にも明かりが煌々とつき、居間の窓辺にはクリスマスツリーが飾られている。ウィルソン夫人が生きていた頃にはなかった光景だ。

ゆっくりと家の裏手にまわり、裏庭に車を駐めると、エンジンを切った。心のどこかでは、この家に近寄るのも話をするのも敬遠したいと思っていたが、意を決して車を降り、丸石を敷いた小径を越えて、家の裏口のドアをノックした。聞き耳をたてながらしばらく待った後、もう一度ノックしてみた——すると、犬の吠える声がし、裏庭のライトが点いた。ドアを開けたのは女性で、挨拶の言葉にはエニスコーシーの強い訛りがあり、ネッドに会いにきたとファーロングが言うと、ネッドはもうここにはいない、二週間以上前に肺炎にかかって入院したけど、いまは介護施設で療養していると応えた。

「施設というのはどのへんだろう？」

「わたしじゃよくわからん」と、女性は言った。「なんなら、ウィルソンさんちの人と話すか？　いまなら、まだ夕食も始まってない」

「ああ、いや。お邪魔はしないよ」ファーロングは答えた。「おかまいなく」

「おたく、身内だってすぐわかるな」

「えっ？」

「見るからに似てるさ」彼女はさらにそう言った。「ネッドは叔父さんかなんかか？」

ファーロングは答えに困って首を振り、女性の背後の台所を透かし見た。いまでは床にリノリウムが張られていた。食器棚《ドレッサー》にも目をやると、そちらは、いつも青い水差しや取り分け皿が載っていたあの頃のままだった。

「家の人たちに取り次がなくて、ほんとにいいか？」彼女はそう訊いた。「むこうはかまわないと思うが」

ドアを開けっぱなしにしていると冷気が家に入ってくるので、女性の声が尖ってきたのがわかる。

「いや、いいよ。今日は失礼する。ともあれ、ありがとう。ご家族には、ビル・ファーロングがクリスマスの挨拶に訪ねてきたってことだけ伝えてくれるかい?」

「いいとも」女性は言った。「幸多からんことを」

「幸多からんことを」

女性がドアを閉めると、ファーロングはすり減ったみかげ石の階段に目を落とし、靴底をそこにガリガリとこすりつけてから、目に映る範囲の裏庭を眺めた。厩《うまや》、干し草小屋、牛舎、馬の水飲み桶、凝った細工の鉄門のむこうにはむかし遊んだ果樹園がある。穀倉への階段、そして、母さんが倒れて最期をむかえた丸石敷きの小径。

ローリーにもどってドアを閉めないうちに、もう裏庭の灯りは消え、なんだか空しさがそくそくと迫ってきた。葉を落とした木々の梢に風が吹きつけ、煙突のてっぺんより高いところで枝々が怯えたように震えるのをしばらく見つめていたが、ファーロングはおもむろに手を伸ばし、包んできたミンスパイを食べた。それからたっぷり半時間かそこら、じっとしていたに違いない。さっきの女性に「似ている」と言われたことに思いめぐらせ、その言葉に心を撫でられながら。よそ者が出てきて初めて、ことが明らかになったというわけだ。

どれぐらい経ったろう、二階のカーテンが動いて子どもが顔を出した。ファーロングは切りをつけるように車のキーを手にとって、エンジンをかけた。道路に出ると、新たに湧いてきた気がかりを掻いやり、修道女会のあの娘に考えを引きもどした。あの娘が石炭小屋に取り残されたことや、修道院長の態度もひどいが、なにより胸をえぐられるのは、自分の目の前で娘がずさんに扱われ、自分がそれを許してしまったこと、彼女の赤ん坊について修道院長らに尋ねなかったこと——それが、あの娘が唯一つ頼んできたことだというのに。自分は院長が差しだした金を受けとり、食事の用意もないテーブルにあの娘を、つんつるてんのカーディガンの下で母乳が浸みだしてブラウスを汚している若いあの女性を、そのまま置いてきてしまった。そんなことを見過ごしにしながら善人ぶってミサにも出たのだ。

第七章

こんなに気乗りのしないクリスマスイヴは初めてだった。ここ何日も胸のあたりに凝り固まった感じがあったが、いつもどおり着替えて、ビーチャムズ・パウダー（粉状の風邪薬）をお湯に溶かして飲むと、家を出てヤードに向かった。店の男たちはもう着いており、寒いなか門の外で両手に息を吹きかけ足踏みしながら世間話をしていた。こうして長く雇っている者たちはみな慎みがあり、店の前でショベルにもたれたり愚痴を言ったりしない。最良の人たちと付き合いたいなら、いつでも丁寧に接すること。ウィルソン夫人はよくそう言っていた。

いま思うと、毎年クリスマス時季には娘たちをうちの母さんの墓だけでなく、ウィルソンさんの墓にも参らせ、墓石にリースを飾らせてきて良かった。そういうことだけは教えてこられて良かった。

男たちに「おはよう」と声をかけて門を開けると、目は自然とヤード内をチェックする。出荷する商品、荷札。ひととおり点検してから、ファーロングはローリーの運転席におさまった。車を発進すると、黒い煙が排気管からもうもうと吐きだされる。公道に出て坂道を昇っていくローリーは苦しげで、これはそろそろエンジンがいかれるなと思う。そうなれば、アイリーンがご執心の正面の窓ガラスの入れ替えは、来年も、ひょっとしたら再来年も実現しないだろう。

郊外には、明らかに家計が苦しい家が間々ある。この日、少なくとも六、七回は家の隅にそっと手招きされ、支払いはツケにしてもらえないかと頼まれた。かたや、順調そうな家では、努めてクリスマスらしい他愛ない会話に興じ、もらったカードやギフトのお礼を述べた。贈られたのは、〈エメラルド〉や〈クオリティ・ストリート〉の缶入りチョコや、パースニップ（人参に似た白い冬野菜）をひと袋、料理用の林檎、〈ブリストル・クリーム〉をひと瓶、〈ブラックタワー〉（気軽なドイツワイン）、一度も袖を通していない女子用のコーデュロイジャケットなどなど。あるプロテスタントの男性は手に五ポンド紙幣を押しこんできて、メリー・クリスマスと言い、息子の嫁がもう一人男の子を産んだところなんだと語った。休暇で家にいる子どもたちが飛びだしてきて、石炭をひと袋持ってきただけの男を、サンタを迎えるように出迎えてくれることも一度や二度ではなかった。

　常連でなくても余裕のあるときには注文してくれる客たちには、しばしば家の前で車を停め、玄関口に薪をひと袋置いてきた。ある家では、小さな男の子がローリーに駆けよってきて、石炭をひと塊つかみあげたが、あとから姉らしき子が出てきて彼をひっぱたき、置きなよ、汚いね、と言った。

「クッソ」と男の子は言った。「あっち行け、バーカ」

　女の子は恥じ入るようすもなく、ファーロングにクリスマスカードを手渡してきた。

「おじさん、きっと来るから、投函しなくて済むと思ってた」彼女は言った。

「あの石炭屋さんは紳士だって、母さんいつも言ってたよ」

ひとというのは善くなれるんだ。町にもどる車中、ファーロングは心に銘じた。要は、持ちつ持たれつをどう実現し、どうバランスをとる方法を身につけるかって問題だ。自分とも、ひとさまとも、うまく折り合いをつけながら。ところがそう考えたとたん、この考え方じたいが特権的なものだと気づき、お客さんがくれた菓子だのなんだのを、どうしてほかのもっと恵まれない家のひとたちにあげなかったんだろうと思った。クリスマスというのは決まって人びとの運不運を浮き彫りにしてしまう。

ヤードにもどる頃には、昼のアンジェラスの鐘が鳴ってからだいぶ経っていたが、男たちはまだ元気いっぱいで、コンクリートの床を掃いたり、ホースで水を撒いたりして、店じまいの作業をしながら、冗談を言いあっていた。ファーロングは商品の棚卸しをし、すべてを台帳に書き入れたのち、プレハブのオフィスに鍵をかけ、ローリーのボンネットに麻袋をかけた。予報どおりの天候になったときのために。それから男たちと水道を交替で使って、手をこすり洗いし、深靴の黒い汚れをすすぎ落とした。最後に、ファーロングはローリーからコートを取って着込み、門に南京錠をかけた。

その日、〈ケホーズ〉での昼食《ディナー》はヤードのおごりになった。ケホーのおかみさんは新しいクリスマス用のエプロンを着けてテーブルをまわり、グレイヴィソースのおかわりや、追加のマッシュポテトや、シェリートライフルや、クリスマスプディングのクリームがけを勧めた。ヤードの男たちはゆっくり食べて長居をし、スタウトやエールを飲みつつくつろいだり、煙草をまわしたり、おかみさんが片づけ忘れた赤い小さな紙ナプキンで鼻をかんだりしていた。ファーロングは長居したくなかった。ひたすら家に帰りたかったが、しばらくここでぐうたらするのが正しく思えたので、席を立たずに付き合った。男たちに日頃の礼を言ったり無病息災を祈ったりして、ふだんろくに割けないことに時間を使う。すでにクリスマスのボーナスは渡してあった。みんなと握手をしてから、ファーロングは勘定を払いに立った。

「そうとうお疲れだねえ」支払いに行くと、おかみさんは言った。「まあ、それを言ったら毎日のことだけど」

「ま、おたがいさまだ」

「王冠を戴く頭は重いって言うからね」おかみさんは笑いだした。

彼女は残り物を片づけるために、小さな船形をした金属の容器からグレイヴィソースを深鍋に移し、底にこびりついたマッシュポテトをこそげとった。

「このところおたがい忙しくしてきたんだから」ファーロングは言った。「何日か休みをとったってバチは当たらないよな」

「男が休みをとるってそういうことだろうね」おかみさんは言って、さっきより辛辣な笑い声をあげ、エプロンで手を拭いてからレジに代金を打ちこんだ。

ファーロングが紙幣を手渡すと、おかみさんはそれをレジの引き出しに入れ、釣銭を持ってカウンターから出てきて、テーブルに背を向けた格好でそばに立った。

「いい、わたしが間違っていたら正してよ、ビル。けど、あんた、修道女会であのお偉いさんとやりあったんだって？」

ファーロングは釣銭を持つ手を握りしめ、視線を落とした。その目は壁下に張られたすそ板に向けられ、それをたどって部屋の角までいった。

「やりあったとは言わんが、朝あそこを訪ねたのはたしかだ、アイ」

「わたしが口出しすることじゃないだろうけど、あそこのことで口は慎んだほうがいいって、あんたもわかってるよね？　敵は近くに置け、悪い犬と共にあれ、良い犬は噛まない。自分のことは自分でわかっているだろう」

ファーロングはうつむき、黒い輪のかみあった紋様が描かれた茶色いカーペットを見つめた。

「わるくとらないでよ、ビル」おかみさんは言って袖に触れてきた。「さっきも言ったようにわたしが口出しすることじゃないけど、あそこの尼さんたちはあらゆることに首を突っこんでるっていうのは、知っとかないとね」

ファーロングは一歩退いて、おかみさんと向かいあった。「でも、ケホーさん、あの人たちには、おれらが与えるだけの権限しかないじゃないか？」

「さあ、わたしもよく知らないけどさ」と、おかみさんはそこで口をつぐみ、いたく実際家の女がときどき男を見るような目で見てきた。大人の男性というより無知な男児を見るように。アイリーンがこんな風に見てきたことが一度ならず、いや、何度もあった。

「聞き流してくれていいけど」彼女はそう言った。「あんたはわたしと同じで一生懸命働いて、その場所にたどりついた。娘さんたちのいる立派な家庭を築いてきた――でも、例の施設と聖マーガレット学院を隔てているのはほんの壁一枚だって知ってるだろう」

ファーロングは腹を立てるどころか、表情を和らげた。「もちろん、わかっているよ、ケホーさん」

「この界隈の娘であの廊下を歩かずにうまく行った子は片手で数えられるほどだろうね」そう言って、おかみさんは片手を広げてみせた。

「まあ、そうだろうね」

「いい？　階級はそれぞれでも」おかみさんはつづけた。「あの人たちはひとつなの。だれか一人に逆らったら、残りとの仲にも罅《ひび》が入りかねない」

「どうも、ケホーさん。お言葉、大いに感謝するよ」

「ハッピー・クリスマス、ビル」

「幸多からんことを」ファーロングは言って、渡された釣銭をまた彼女の手に押し返した。

外に出ると、雪が降っていた。白い雪片が空から舞い落ちてきて、町の通りに降り積もっている。ファーロングはうつむいて自分のズボンや深靴の爪先に目をやり、縁なし帽をしっかり被りなおすと、コートのボタンを留めた。両手をポケットに深く突っこんでしばらくは埠頭沿いをただ歩きながら、いま言われたことを思い返し、雪を飲みこんで黒々と流れていく川を眺めていた。こうして外に出ると少し解放感があった。当面は日時の迫った用事もないし、今年も無事にやり過ごして仕事を納められた。あとひとつ用事を済ませてさっさと家に帰ろうと逸る気持ちは薄れていった。むしろうきうきした気持ちになり、街灯りに照らされた角を曲がると、色とりどりのライトがジグザグにどこまでもつづいているのが見えた。スピーカーからは音楽が流れ、いまだつぶれていない少年の高い声が「きよしこの夜、星は光り……」と歌っていた。市庁舎前の樅の木を過ぎたとき、爪先が舗道の石に引っかかって危うくすっころびそうになり、思わず心の中でケホーのおかみさんを恨んでしまった。風邪気味ならこれがいいと言って、ホットウィスキーを飲ませ、シェリートライフルをボウルに山盛り食べさせたりするから。ファーロングはあちこちで立ち止まり、店先を覗いてみた。季節のいろいろな商品、蛇みたいに巻きつくモール、きらきらしたものがたくさん。ウォーターフォード製のクリスタルグラス、ステンレスのナイフ・フォーク類、陶器のティーセット、瓶入りの香水、洗礼式のお祝い用マグ。〈フォリスタルズ〉で目に留まったのは、黒いベルベット張りの陳列台だった。婚約指輪や結婚指輪、金銀の腕時計が挿しこまれている。ディスプレイ用の腕にはブレスレットがたくさん下がり――なかにはロケットのついたネックレスもあった。

古くからある〈スタッフォーズ〉では子どものような目で、ハーリング（ケルト起源の主にアイルランドで行われているスポーツ。シリターという球をスティックでゴールに入れる）のスティックやシリターを眺めたり、網袋に入ったガラスのおはじきや、おもちゃの兵隊たち、カラフルな粘土、レゴ、チェスやドラフツ（チェッカー）や、なにやら長年陳列されてきたらしい商品を眺めたりした。フリルつきのドレスを着た人形が二体、しゃちほこばって座っており、店のウィンドウに触れんばかりに両手を差し伸べた姿は、買っていってちょうだいと言っているようだった。ファーロングが入っていって店の女主人に、五百ピースの農場のジグソーパズルはないですかと訊くと、女主人は、いま在庫があるジグソーパズルは子ども用ばかりですよ、もっと難しいやつは最近人気がないもんだからと言い、ほかになにか探しましょうかと訊いてきた。ファーロングは首を横に振ったが、空手で店を出るのもなんなので、たまたま女主人の背後のフックに下がっていた袋入りのレモンゼリーをひとつ買った。〈ジョイス家具店〉では、売り物の全身鏡に映った自分の姿を見て、床屋に髪を切りにいこうと思った。床屋の店内を覗くと長い列ができていたが、ドアを押し開けたとたん小さなベルがチリンチリンと鳴ってしまった。ベンチの最後尾に座って接客の順番を待つ。隣には知らない赤毛の男と、その男にそっくりな赤毛の男の子が四人座っていた。いま理髪されているのは飲んだくれのシノットで、床屋が後ろと横の短い髪を整えているところだった。床屋は鏡ごしにしかつめらしくファーロングに会釈してくると、粛々と仕事をしばらく進めたのち、鋏《はさみ》を置いてシノットのうなじについた毛を払い、灰皿の中身をバケツに空けた。吸い殻がバケツに落ちると、ちょっと焦げた髪の毛がいやな臭いを放ち、ファーロングはアイリーンが聞かされた話を思いだした。床屋のまだ若い息子は電気技師として働いていたのだが、先日医者から診断がくだり、余命がわずかだと告げられたとか。と、そのとき、店内の男たちの間である話題がもちあがり、子どももいるので遠回しに野卑なジョークが飛び交った。

ファーロングは気がつけば、その猥談に参加せずに一線を引きながら、べつのことを考えたり想像したりしていた。さらに客が来店したので、ファーロングはベンチの位置をずれて、鏡の前にやってきた。そこに映った自分の顔をもろに見据えて、ネッドと似たところを探したが、あるともないとも言いがたい。ウィルソンさんちで会った女はファーロングをネッドの親戚だと思いこみ、その勘違いからふたりが似ているように見えただけなのかもしれない。しかしどうもそうとは思えず、しきりと考えてしまう。うちの母さんが亡くなったとき、ネッド自身もひどく落ちこんでいたこと、いつも一緒にミサにいき、食事をともにし、夜は火にあたりながら夜更けまでおしゃべりをしたこと。そこから浮かびあがってくることとは。これが真実なのだとしたら、ネッドの側に日々深い心遣いがあったということじゃないか？　長年、ファーロングをそばでしっかり見守りつつも、父方は良い家柄だと信じさせてくれた。ファーロングの靴を磨き、靴ひもを結んでくれたのは、この人なのだ。初めてのカミソリを買ってくれ、髭剃りのやり方を教えてくれたのもネッドだ。いちばん間近にあるものが往々にしていちばん見えにくいのはなぜだろう？

暫時の間を与えられ、ファーロングの心は解き放たれてさ迷った。今年の仕事を納め、こうして床屋のベンチで散髪の順番を待つのは、苦にならなかったと言える。そうして散髪を終えて代金を払い、店の外に足を踏みだす頃には雪が積もっており、来た道にもこれから歩いていく道にも、人びとの足跡がくっきりと連なっていた。歩道にもそれほどはっきりしないが、やはり足跡があった。

チャールズ・ストリートでは、アイリーンのために注文してあったエナメル靴を受けとるため〈ハンラハンズ〉に立ち寄った。靴は取り置いてもらっていた。カウンターに立っている身なりの良い女性はファーロングの上客の奥さんで、接客は熱心すぎず、すぐに靴の箱を出してくれた。

「お求めは六号でしたね？」

「六号です、アイ」ファーロングは答えた。

「お包みしましょうか？」

奥さんは靴を横に並べて薄紙でくるみ、箱に入れて蓋を閉めた。

「アイ」ファーロングは言った。「お手間じゃなければ」

奥さんはファーロングが見ている前で、セロテープを引きだし、ヒイラギ柄の包装紙の四隅にきちっと折り目をつけながら箱を包装すると、それをビニールバッグに入れて、幾ら幾らになりますと告げてきた。

勘定を済ませて外に出ると、陽はとっぷりと暮れていて、坂の上のわが家へ帰る準備はすっかり整っていたが、チッパーから漂う揚げ油の匂いを嗅ぎつけると――店のドアが開いていたのだ――ファーロングは店に立ち寄って缶入りのセブンアップを買い、カウンターでごくごくと飲み干してから、気がつくと、来た道をもどって川べりに向かっていた。そのまま橋のほうに歩くうち、寒気と疲れが全身に沁みわたってきた。雪はおずおずとながら降りつづいており、そこにあるものすべてに空から舞い落ちていた。どうしておれは快適で安全なわが家に帰り着いていないんだ？　ファーロングは自分でもわからなかった――アイリーンはもう真夜中のミサの支度をするところで、うちの人はどこ行ったんだろうと気を揉んでいるはずだ――が、彼の一日はべつなもので一杯になりつつあった。

橋を渡りながら、流れゆく川の水を見おろす。バロー川には呪いがかけられていると言い伝えられていた。うろ覚えだが、むかしむかし大修道院を建立し、川の通行料の徴収権を得た修道会と関係があったはずだ。年月が経つにつれ修道士たちは貪欲になり、町の人びとが叛乱を起こして彼らを町から追いだした。去り際に大修道院長はこの町に呪いをかけ、だから毎年きっちり三人が命をとられるという。うちの母さんもこの話はけっこう信じていたっけ。なんでも、ある年の大晦日、知り合いの牛商の乗っていたローリーが道をはずれて川に転落し、その男は亡くなったんだと。その年で三人目の溺死者だった。ファーロングの母は息子をそばかすだらけの頑丈な腕に抱きながら、もう片方の手でバターのかくはん器のハンドルをまわすこともあった。夕方にはネッドと乳しぼりをしながら、牛の腹に頭をもたせて一、二曲歌ったものだ。お乳が出やすくなるようにと言って。息子が生意気を言ったり、よけいな差し出口をしたり、バター容れの蓋を開けたままにしたりすると、ひっぱたかれることもあったが、そんなのはほんのささいなことだ。

ファーロングは歩を進めながら、先日、ダブリン出の娘に、身投げしたいから川に連れていってくれと頼まれたこと、それを自分が拒否したことを思いだして動揺していた。あの日の夕方、帰りの裏道で道に迷い、霧のなかで牡山羊《パッカウン》を連れたおかしなじいさんがアザミを刈りとっていた。じいさんは、この道であんたの行きたいところ、どこへでも行けるだろうよ、と言ったのだった。

対岸に着くと、ファーロングはそのまま坂を上がって、川向こうとは趣きの異なる家々の前を通りすぎていった。正面の部屋にはキャンドルが灯って、おしゃれな赤いポインセチアが飾られ……こういう邸宅はこれまで裏口からしか中を覗いたことしかない。ある家では、幼い男の子がブレザーを着てピアノの前に座り、そのかたわらで美しく着飾った女性が脚の長いグラスを手に、演奏に聴き入っていた。べつの家では、男性が眉根を寄せてデスクに屈みこみ、難しい計算をしながら帳簿でもつけているのか、盛んになにか書きつけている。またべつの家では、小さな男の子がふかふかした毛織りの絨毯の上でおもちゃの馬を乗りまわしていた。ベルベット地のセティーに腰かけている少女は聖マーガレット学院の制服を着ていて、ファーロングは学外でもあの制服を着ていることに驚いたが、聖歌隊の稽古からもどったところなのかもしれない。

そうして坂を登っていくと、灯りの点る家並みと街灯は途切れた。暗く静まりかえるなか、女子修道院の外をぐるっとまわって、ようすを確認した。建物の裏手をめぐるどっしりとした高い壁にもてっぺんにガラス片が埋めこまれているようだ。積もった雪の下からところどころガラス片が覗いている。窓から屋内は見えず、三階の窓はぜんぶ真っ暗で鉄格子がはまっていた。こうしていると、こっそり獲物を狩りにいく夜行性動物になった気がしないでもない。興奮して血が騒ぐのに似た感覚をびりびりと感じていた。角を曲がると、黒猫が口のまわりを舐めながらカラスの死骸を食べているのに出くわした。ファーロングの姿を見ると固まったが、すぐに垣根を抜けて飛び去っていった。

ファーロングは建物の正面にもどって、開いた門を入り車道《くるまみち》を歩いていった。イチイの木と常緑樹が絵のように美しいというのは評判どおりで、生い茂ったヒイラギには赤い実がたくさん成っていた。雪にうっすら残る足跡はひと組だけで、ファーロングとは逆方向に行っていたので、だれとも会わずに正面玄関にたどりつき、その前を通りすぎることができた。横手の切妻壁側にまわって石炭小屋に着く頃には、この扉を開けなくてはという決意は妙に萎えていたのだが、扉を前にしたとたん意欲がふたたび湧いてきた。閂を横にずらして扉を開けて、あの娘の名前を呼び、自分も名乗った。床屋にいるあいだに、こんなことをこもごも想像していた——すでにあの扉には鍵が掛かっているかもしれないし、うまくすれば、娘はすでに小屋から出ていったかもしれない。もしまだそこにいたら、娘を途中まで抱えていくことになるのではないか、抱えるとしたら、どうやればいいんだろう、なにをすればいいんだろうと考え、まあ、もし自分になにがしかできるとすればだし、そもそもあそこに行ければの話だけど、と思案したのだった。実際、おおむね懸念したとおりだったが、今回、娘はファーロングからコートを受けとり、小屋から連れだそうとすると、うれしそうにもたれかかってきた。

「さあ、一緒に家に帰ろう、セァラ」

ファーロングがうながすと、セァラはすなおに車道を歩いて坂を降り、ふたりは豪奢な家々をすぎて、橋に向かっていった。川を渡るときには、スタウトビールのような水が黒々と流れているのにまた視線がいった――心のどこかでバロー川を羨んでいる自分がいた。この川はおのれの行き先を知っていて、水はそのわがままな道すじをいともやすやすと辿り、いとも自由に外海《そとうみ》へ流れていく。コートがないと風の冷たさが身に染みて、ファーロングは自己保身と勇気がせめぎあうのを感じ、いま一度、この娘を司祭さんの家に連れていってはどうかと思った。いや、もう何度もそうやって想像しては、同じ結論にぶつかったじゃないか。司祭たちはすでに知っているはずだ。ケホーのおかみさんは要するにそう言っていたのだろう？

あの人たちはひとつなの、と。

町を歩くうちに、長年の知り合いや店の常連にしばしば出会った。大方は愛想よく立ち止まって話しかけてきたが、ふと下を見て真っ黒な裸足を目に留め、連れだっているのがファーロングの娘ではないと気づくと、態度が変わった。急によそよそしくなったり、しどろもどろになったり、「良いクリスマスを」

と、形ばかり囁いて立ち去ったりした。ある老婦人はテリア犬に長いリードをつけて散歩させていたが、ファーロングと行き会うと、その子はだれなの、あの洗濯所の女《ヴァン》じゃないの？　と尋ねてきた。またべつな場所では、小さな男の子がセァラの足を見て笑いだし、きったねえと言ったので、父親が手を強く引っ張り、シッ、黙れと怒った。ミス・ケニーは見たこともないぼろ服を着て、酒臭い息を吐きながら立ち止まって、ちょっとあなた、こんな雪のなか、子どもに靴も履かせないでなにをやってるのと訊いてきたが、ファーロングの娘だと思ったらしく、そのままずんずんと歩き去っていった。出会ったなかには、セァラに話しかけてくる人も、どこに連れていくのか尋ねてくる人もひとりとしていなかった。こちらも多くを語ったり説明したりする義理はないだろうと思い、なるべく穏便に流しながら先へ先へと歩いていった。まだ目の前に現れていないもののじきに間違いなく遭遇するなにかを思っていきり立つ思いが半分、怖じ気づく気持ちが半分だった。

クリスマスのイルミネーションに彩られた町の中心街に近づくにつれ、心のどこかでは、引き返せ、家には遠回りして帰ったほうがいいと考えていたが、それを振り払い、いつも通る道を歩いていった。どうもセァラのようすがおかしいと思っていたら、じきに立ち止まって、堪えきれずに道路に吐いてしまった。

「よし、いいぞ」ファーロングは励ました。「出せ、出せ。あるだけ吐きだしちまえ」

広場に入ると、セァラはライトの点った飼い葉桶のディスプレイの前で足を止め、中を覗きこんでうっとりとなった。ファーロングも覗いてみた。ヨゼフの鮮やかな色のローブ、跪く聖母マリア、羊たち。そこには、このあいだ見たときにはなかった三賢者と幼子イエスの人形も置かれていたが、セァラの目を引きつけているのはロバだった。手を伸ばしてロバをなで、その耳から雪を払ってやった。

「かわいいよね？」セァラはつぶやいた。

「もう遠くないよ」ファーロングは声をかけた。「うちはすぐそこだ」

町を歩けば知った人にも知らない人にも行き会ったが、ファーロングはいつのまにかこう自問していた。たがいに助けあわずに生きてどうする？　そこにある現実に勇気を奮って立ち向かうこともせず、長いこと、何十年も、下手したら一生すごしたうえで、それでもキリスト教徒を名乗り、鏡の中の自分と向きあうことなんておれにできるか？

セァラと連れだって歩くうちに、心が軽くなり、気が大きくなって、新たな、生まれたての、なんとも言いがたい喜びが胸にこみあげてきた。自分の最良の部分が輝きだして、浮かびあがってきた、そんなことはあり得るだろうか？　自分の中の、なんと呼べばいいのか——そもそもこれに名前なんてあるのか？——なにかが、どうしようもなく熱くなっている、それはわかる。実際問題、この代償は払うことになるだろうが、自分の平凡な人生のなかでこれに似た幸福感はこれまで味わったことがなかった。わが娘たちをそれぞれ初めて腕に抱き、元気いっぱいの、強情っぱりな泣き声を聞いたときの喜びともちがう。

ウィルソンさんのこと、あの人の日々の思いやり、折々に自分を正し励ましてくれたこと、彼女が言ったりしたりしたささやかなこと、決して口にも行動にも出そうとしなかった小さなこと、知っていたに違いないことを思った。そうしたことが積み重なってひとつの人生が出来あがったのだ。ウィルソンさんがいなければ、うちの母さんは十中八九、あの施設に入れられていただろう。自分がもっと昔に生まれていたら、いま助けようとしているこの子は母さんだったかもしれない。これを「助け」と呼べればの話だが。母さんがあそこに入っていたら、自分の身の振り方もどうなっていたか、どこに行き着くことになったか、わかったものではない。

最悪のことが起きるのはこれからだ、わかってる。すぐ隣で待ち受けている厄介な世界の気配をすでに感じるが、最悪の未来はもう後ろに置いてきた。起きかねなかったが、起きずに済んだこと――もしそれを見過ごしていたら、死ぬまで悔いを抱えて生きることになったはずだ。これから出会う苦しみがなんであれ、それはいま横を歩いているこの娘がすでに味わってきた苦しみ、これから乗り越えるだろう苦しみからは、おそらくほど遠い。こうして裸足の娘を連れ、エナメル靴の箱を抱えて、わが家の玄関へと坂を登りながら、ファーロングはあらゆる感情を圧倒する恐れを感じつつも、おれたちならやり遂げるさ、と心のどこかで愚かしくも楽観するどころか、本気で信じているのだった。

読者のみなさんへ

これはフィクションであり、特定の個人に基づいたものではない。アイルランドで最後のマグダレン洗濯所が閉鎖されたのは一九九六年だった。これらの施設にどれだけの少女や女性が隠匿され、収監され、労働を強いられていたか分からない。一万人というのは控えめな数字で、実際には三万人が近いかもしれない。マグダレン洗濯所の記録は大半が破棄され、紛失し、あるいは閲覧不可の状態にあるからだ。ここに収容された少女や女性たちの労働が、いかなる形でも認められたり評価されたりすることはめったになかった。自らの赤ん坊を失った多くの少女や女性がいた。命を失った者もいた。その先にあるはずだった人生を失った者も少なくない。これらの母子収容施設で、一体何千人の乳児が亡くなり、そこから養子に出されたのか分からない。今年（二〇二一年）の初め、母子収容所調査委員会の報告書により、調査がおよんだ十八の施設だけで九千人の子どもが亡くなったことが判明した。二〇一四年、歴史家キャサリン・コルレスは、一九二五年から一九六一年の間に、ゴールウェイ県トゥアム（チュアム）の施設で七九六人の赤ちゃんが死亡したという衝撃的な調査結果を公表した。これらの施設はカトリック教会とアイルランド政府によって運営され、資金提供されていたのである。マグダレン洗濯所に関してアイルランド政府は長らく謝罪を行っておらず、ようやくエンダ・ケニー首相が謝罪文を出したのは二〇一三年のことである。

謝　辞

イスダーナ、ザ・アーツ・カウンシル、ウェックスフォード県議会、作家基金、ハインリヒ・ベル協会、そしてダブリン大のトリニティ・カレッジに感謝を捧げます。

また、キャスリン・ベアード、フェリシティー・ブラント、アレックス・ボウラー、ティナ・キャラハン、メリー・クレイトン、イアン・クリッチュリー、イタ・ダリー、ドクター・ノレーン・ドゥーディー、グレイン・ドラン、モーガン・エントレキン、リアム・ハルピン、マーガレット・ハンチントン、クレアとジム・キーガン、サリー・キーオ、ロレッタ・キンセラ、イタ・レノン、ニール・マックモネゴー、マイケル・マッカーシー、パトリシア・マッカーシー、メアリ・マッケイ、ヘレン・マクゴールドリック、オーエン・マクナミー、ジェイムズ・ミーニー、ソフィア・ニーヴ・ホーウン、クレア・ノージャース、ジャクリン・オーディン、スティーブン・ペイジ、ロージー・ピアース、シェイラ・パーディー、ケイティ・レイシアン、ジョセフィーン・ソルヴァダ、クレア・シンプソン、ジェニファー・スミス、アンナ・スタイン、ダーヴラ・ティアニー、そしてサビーン・ウェスパイザーに。

　長年にわたって、とてつもなく多くのことを教えてくれた私の生徒たちへも感謝を。

訳者あとがき

本書はアイルランド作家クレア・キーガン *Small Things Like These*（二〇二一年）の全訳である。

キーガンは近年、世界文学シーンでとみに存在感を増している作家と言えるだろう。日本では、『青い野を歩く』（岩本正恵訳）として邦訳された珠玉の短篇集が根強い人気をたもっている。

『ほんのささやかなこと』の原作は百二十ページほどのノヴェラ（中篇）だが、二〇二二年にはジョージ・オーウェルの「政治的著作を芸術に昇華させる」という志に基づくイギリスのオーウェル政治小説賞を受賞し、ブッカー賞の最終候補となって、「ブッカー賞候補史上最も小さな本の一つ」として愛されている。長篇小説の伝統が強いヨーロッパのイギリスで中篇作家がこれほど評価されることはそう多くない。

二〇二二年には、「フォスター」（二〇一〇年）という短篇（短い中篇）が、「ザ・タイムズ紙が選ぶ二十一世紀の小説トップ50」に選ばれている。中短篇小説がこのようなセレクションに入ってくるのはなかなか稀なことだ。同作は映画化され、小津安二郎やアキ・カウリスマキを髣髴させる静謐な映像が多くの観客を魅了し、アカデミー賞国際長編映画賞にノミネートされた。日本では「コット、はじまりの夏」として公開され、熱烈な支持を得ている。

■

『ほんのささやかなこと』は一九八五年のクリスマス時季のお話だ。町はキリストの降誕祭に向けてイルミネーションに彩られ、飼い葉桶の幼子イエスらの人形が飾られ、家ではストーヴの火が爆ぜ、アイルランドらしいミンスパイや、アイシングをほどこしたケーキ、ドライフルーツを使ったお菓子がオーヴンで焼かれている。石炭販売店主のビル・ファーロングの家では、妻アイリーンの陣頭指揮のもと、『若草物語』を思わせる五人姉妹、学業優秀で父の仕事を手伝う長女キャスリーン、聖歌隊で活躍する男まさりの次女ジョーン、アコーディオンを習い音楽の才能をもつ三女シーラ、シーラと同じく音楽好きでやさしい性格の四女グレイス、習字と絵が得意でちょっと引っ込み思案の五女ロレッタたちが、喧しく立ち働いている。そんなクリスマスまでのたった数日間と、ある中年男性の心変わりが主に描かれるのが本作である。

あのチャールズ・ディケンズの、冷血の守銭奴が三人の精霊に出会って生まれ変わる『クリスマス・キャロル』に準えられることもあるが、『ほんのささやかなこと』のビルは物質主義に流されず、人の心に寄り添える人間である。日々まじめに働いて糧を得ている彼だが、家族とゆっくり過ごせるはずのこの時季に、ある社会の闇に気づいてしまう（ここから物語の展開に触れるので注意してください）。そこには、この国に根深い男尊女卑の伝統に加え、市民に対して絶対的権力をふるっていたアイルランドのカトリック教会と国家が結びついた政治腐敗が関係しているのだ。

ビルがそのことに気づいたきっかけは、石炭を配達にいった女子修道院の一画でたまたま目にした異様な光景だった。少女や若い女性たちが粗末な衣服を着せられ、酷使されていたのだ。「グッド・シェパード教会」が運営するこの修道院には二つの附属施設があった。一つは、女性たちに職業訓練をほどこす専門学校と「洗濯所」である。

この洗濯所は評判が良く、町の中流以上の家庭は大いに利用しているという。ここで思い当たるかたもいると思うが、そう、これはアイルランドに一九九六年まで実在した教会運営の母子収容施設と「マグダレン洗濯所」をモデルにしているのだ。

この洗濯所は政府からの財政支援を受けてアイルランド各地で営まれていたもので、ひどい女性虐待がおこなわれていた。慈善団体として登録されていたため、教会側には税制上の優遇措置もあった。女性たちから子どもを取りあげ、養子に出すことで得られる利益もあった。政府の側としては、福祉施設の態で運営される洗濯所に「問題のある」女性を容易く放りこめるうえ、労働力を搾取することもできた。また、教会と癒着することでその支持をとりこむというメリットもあった。

この施設に、厳格なカトリックの戒律にもとづいて送りこまれてくるのは、未婚や婚外関係で妊娠した女性、不純な異性関係をもったとみなされた「ふしだらな」女性たちである。職業訓練学校とは名ばかりで、彼女たちは矯正と称した無償労働を課せられ、施設には精神科病棟を兼ねた役割もあったため、いったん収容されると出所がむずかしいケースも少なくなかった。また、生まれた子どもがどこかに里子に出されると、母親は二度と会えないことが多かった。

この洗濯所を題材にしたピーター・ミュラン監督の「マグダレンの祈り」（二〇〇二年公開。ヴェネツィア国際映画祭金獅子賞）という映画や、マグダレン洗濯所の悲惨なモノクロ写真を目にしたことのあるかたもいるかと思う。

この修道院がもう一つ経営しているのが、名門女学院「聖マーガレット学院」である。有刺鉄線と尖ったガラスの埋めこまれた高い塀一つで隔てられた、洗濯所と女学院。二つの世界には天と地ほどの落差があり、そのどちらに転げ落ちるかは、ほんの小さなことで左右されてしまう。ビルはそのことをよく理解している。

ここで私はどうしても、カナダの作家マーガレット・アトウッドの書いたディストピア小説『侍女の物語』と続篇の『誓願』を思いだしてしまう。この小説で、婚外関係をもった女性や「ふしだら」とみなされた女性は「コロニー」と呼ばれる廃棄物処理島へ送りこまれるのだ。作中の町には、「聖マーガレット学院」のように恵まれた家庭の娘たちが通う名門校があり、一方、下層に位置する女性たちは「侍女」として酷使されている。

アトウッドは常々言ってきた。自分はゼロから小説を書くことはない、歴史の上か、いまもこの世界のどこかで行われていることを可視化しているのだ、と。

実際、アトウッドはこの洗濯所にはかねてから目を向けていたようだ。アイルランド作家のカレイン・ホーガンが、この洗濯所の被害者／サバイバーの声を拾いあげ、タブーであったカトリック教会の母子虐待と人権侵害の内実を痛烈に批判する「恥の共和国」（二〇一九年、未訳）という本を出版した際には、SNSに「アイルランドのカトリック教会は国と結託して、このマグダレン洗濯所のネットワークを運営していた。そこは母子収容所であり、里子を強制する制度があった。そんな場が驚くほどつい最近まで実在したのだ」『侍女の物語』の架空世界ではまだしも赤ちゃんは大切にされているが、この現実の世界ではそうではなかった」といった投稿をし、この本に推奨の言葉を提供した。

■

作品の政治的背景についてもう少し説明したい。舞台はアイルランド南東部のウェクスフォード県にあるニューロスという町だ。不景気で失業率が高く、会社は次つぎと倒産、人びとの生活は楽ではない。町の空気は必ずしも明るくないが、ここに、一九六〇年代後半からつづく北アイルランド紛争も影を落としている。背景には、英国国教（プロテスタント）と、ローマカトリック教会の長きにわたる対立と確執がある。アイルランド共和国はカトリックが主流である。

作中の一九八五年当時は、ＩＲＡ（アイルランド共和軍）による爆破テロや要人の暗殺が相変わらず起きており、それに対してロイヤリスト（英国残留派。ユニオニストのなかでも英国への忠誠心が強く強硬な立場をとる）による準軍事組織が報復攻撃をおこなっていた。作中にも出てくるように、イギリス・アイルランド政府が英愛協定に調印した年であり、アイルランド政府に北アイルランド問題への助言的な権利が認められたことで、新たな緊張感が漂っていた。

主人公ビル・ファーロングはそろそろ四十路を迎える。若いころに出会った女性アイリーンと平凡な結婚をして、五人の娘に恵まれた。ささやかな石炭販売店を営み、労働者を何人か雇う事業主だ。しかしここまでの道のりは平坦ではなかった。ビルの母親はいわゆる未婚の母で、彼はいまもって父親を知らない。シングルマザーの母のもとで育つことができたのは、母の雇い主で資産家のウィルソン夫人の力添えがあってのことだった。妊娠した「ふしだらな」未婚女性を、ウィルソン夫人がそのまま家においてくれたお陰である。ビルも実直なプロテスタントの夫人の加護のもと、学校での最悪のいじめは免れ、高等専門学校まで卒業して社会に出ることができた。

その後は山あり谷ありだったが、ようやく石炭販売店をひらくことができたのだ。ウィルソン夫人がいなければ、自分はいまここにいないとビルは考えている。

彼が商っているのは、石炭《コール》、泥炭《ターフ》、無煙炭《アンスラサイト》、粉炭《スラック》、薪《ログ》といった様々な燃料だ。ほかにも練炭《ブリケット》、焚きつけ《キンドリング》や、ボンベ入りガスを売っている。十月以降厳しさを増すアイルランドの川沿いの町にぜひとも必要な燃料であり、ビルは各家庭の石炭が切れないよう、毎日必死で車を走らせる。

主人公を石炭店主にした設定には、『クリスマス・キャロル』で事務所の暖房の石炭すらケチって職員を凍えさせていた守銭奴スクルージへの軽い目配せがあるのかもしれない。

このごろニューロスの町には、貨物運搬の船頭としてポーランド人とロシア人が闊歩するようになっており、女子修道院長などは英語を話さない外国人たちに露骨にいやな顔をする。しかしビルは修道院長にこんなふうに反論する。彼の柔軟な考えと排外主義に抵抗する精神が表れているだろう。

「おたくの船乗りたちは今週町に着きましたの？」

「あれはうちが雇ってる船員じゃありません。波止場に積み荷を下ろしてもらったただけですよ、アイ」

「外国人を入れることに抵抗はないんですね」

「だれしもどこかで生まれたわけでしょう」ファーロングは言った。「キリストだってベツレヘムでお生まれになったじゃありませんか」

修道院長は「わたしなら、主とその民を比べることはいたしません」とムッとするが、ビルがこの町の絶対君主である修道院長とやりあう話題はそれだけではない。男女差別についてもこんなふうに言い返す。


「おたくは五人でしたか、それとも六人？」

「五人です、マザー」

そこで院長は立ちあがり、ティーポットの蓋をとって茶葉をかき混ぜた。

「五人いらっしゃるとしても、残念でしたでしょう」

院長はファーロングに背を向けたまま言った。

「残念と言いますと？」ファーロングは聞き返した。「なんのお話でしょう？」

「家名を継ぐ坊やがいないのですから」

事業のことを言っているのだ。しかしファーロングはこういう話題には慣れっこだったので、あしらい方は心得ていた。彼は脚を少し伸ばし、よく磨かれた真鍮の炉格子に足先をふれさせた。

「そのことですか。わたし自身、母親の姓を継いでおります、マザー。そのことで困ったことはありません」

「そうですか?」

「女の子のなにがいけないのでしょう?」ファーロングはつづけた。「わたしの母もかつては女児でした。お言葉ではありますが、院長にもそれは当てはまるでしょう。人間の半分に当てはまります」


ビルは女子修道院と洗濯所の真実に気づきはじめている。とはいえ、このような反抗的な態度は命とりにもなるだろう。ビルは優秀な娘五人になるべく良い教育を受けさせたいと切望しており、上の二人をやっとの思いで名門マーガレット学院に入れたのである。下の子たちにも教会で音楽の稽古などもさせている。労働者階級出身の自分の娘たちが中流階級以上の家庭の子たちとなじんで、聖歌隊で立派にふるまっているのを見たりすると、ビルはもう誇らしくて仕方がない。彼女たちが名門校に通っているからではない。礼拝堂できちんと膝を折っておじぎしたり、店主がお釣りをくれたときに礼を言ったり、そんなほんのささやかなことが出来ることがうれしいのだ。そんなときは、「どうだ、これがわが娘たちだという深い喜び」を覚えてひそかに胸を張る。

なぜ娘たちに教育が必要か。それは、町のゴロツキや狡猾な男たちの餌食になったり搾取されたりしないためでもある。知識とスキル。これから生きていくには、それらが女性にも必要だとビルは考えている。

■

「女の子のなにがいけないのですか?」「外国人もみな神の子です」と反論し、男女差別や移民差別に抗う彼は、知的階層の活動家や政治的リーダーではない。父を知らず、まじめに働くことで小さな店と温かな家庭を築いた中年男だ。そんな彼は町の声なき小さな存在を救うために、家庭や仕事や友人関係という自らの幸福を賭して一歩を踏み出すべきなのか……?

飾り気と無駄の一切ないクレア・キーガンの文体によって、一人の平凡な人間の決意が切々と胸に迫ってくる。一方、ビルは苦労人ではあるが、同時代のアイルランドの女性に比べると、どうだろう。妻のアイリーンに「あなたは苦労を知らない」と指摘されて気色ばむ場面がある。彼の決断によって、今後妻と娘にどのような苦しみや試練が降りかかるだろうか。

個人の幸福と共同体の正義が対立するとき、人はどのように振る舞えばいいのか？　ビルは自分の母親のことを思う。あのときウィルソン夫人の助けがなければ、母は間違いなく母子収容施設に送られていただろう。そうなれば、自分はどうなっていただろうか？　と。

最終的に、この町の不正と犠牲を見てみぬ振りをしたまま、キリスト者として生きていけないとビルは結論する。自らの良心に従わず、沈黙を通して声をあげずにいるなら、個人の幸福は成り立たないと考えたのだ。

現実社会においても、マグダレン洗濯所に対して告発があった。作中でビル・ファーロングが起こすだろう小さな反乱から、マグダレン洗濯所が閉業する一九九六年までおよそ十年。最後のマグダレン洗濯所の跡地から七五八人分の遺骨が発見され、国内外にこの実態が報じられた。そしてアイルランド政府が洗濯所の被害者たちに遅すぎる公式謝罪をするのが二〇一三年である。ビルの行動から約三十年を経たことになるが、いまもその補償は充分になされたとは言いがたいようだ。

■

作者について簡単に紹介する。クレア・キーガンは一九六八年、アイルランド共和国のウィックロー県に生まれる。農場で育ち、十七歳のときにアメリカのニューオーリンズに渡り、ロヨラ大学で英文学と政治学を学ぶ。一九九二年にアイルランドに帰国し、一九九九年に発表された短篇集「南極大陸」が高い評価を得る。同作はルーニー賞を、つぎの『青い野を歩く』はイギリスで最も優れた短篇作品に贈られるエッジヒル短篇賞を、そして「フォスター」はデイビー・バーンズ短篇賞を受賞した。

さらに、本作『ほんのささやかなこと』は二〇二二年のラスボーンズ・フォリオ賞の最終候補に選ばれ、前述のとおり、オーウェル政治小説賞を受賞し、ブッカー賞の最終候補に選出された。現在、「オッペンハイマー」でアカデミー賞最優秀男優賞を受賞したキリアン・マーフィー主演で映画制作が進んでおり、二〇二五年に公開予定である。今後もますますの活躍が期待される。

最後に、私が企画を持ちこんだこの小さな傑作の翻訳出版を実現させてくださった早川書房の編集部の皆さんと担当の茅野ららさん、出版に力を貸してくださった Literature Ireland に深く感謝申しあげます。ありがとうございました。

二〇二四年九月

訳者略歴　英米文学翻訳家・文芸評論家　訳書『老いぼれを燃やせ』『誓願』『昏き目の暗殺者』マーガレット・アトウッド，『恥辱』『遅い男』『イエスの幼子時代』『イエスの学校時代』J・M・クッツェー（以上早川書房刊）他多数　著書『文学は予言する』他多数

ほんのささやかなこと

2024年10月25日　初版発行
2025年 6 月15日　3版発行

著者　クレア・キーガン

訳者　鴻巣《こうのす》友《ゆ》季《き》子《こ》

発行者　早川　浩

発行所　株式会社早川書房
東京都千代田区神田多町2－2
電話　03－3252－3111
振替　00160－3－47799
https://www.hayakawa-online.co.jp

印刷所　株式会社精興社
製本所　大口製本印刷株式会社

Printed and bound in Japan

ISBN978-4-15-210366-6 C0097

乱丁・落丁本は小社制作部宛お送り下さい。
送料小社負担にてお取りかえいたします。